上海尋夢

沈西城 著

黎漢傑 編

目錄

輯二：醉筆畫夢

輯三：繁花蝶夢

輯四：聲光迷夢

輯五：追夢歲月

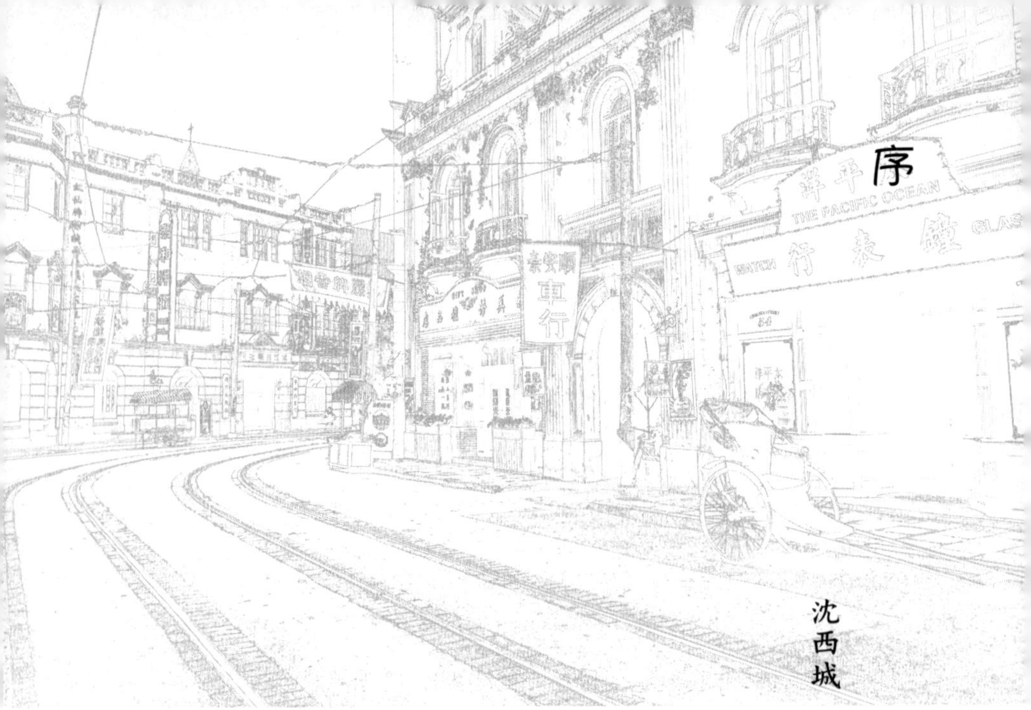

序

沈西城

南來香港整七十年，一直沒忘記上海。印象隨歲月稀淡，心痛不已。趁住記憶未盡褪色，握起禿筆，寫下可記之事，童年的生活，已逝的親人，滬上的事物，可親炙的朋輩，都活躍於本書中。

「繁花」熱傳，書中一切，評比繁花更有濃濃的申江情。

夜已深，雨聲濃，古稀老人，心意涼，生命已近盡頭，還能寫多久？上海尋夢，尋夢上海，上海是我永久的故鄉，時刻寄心中。

甲辰年夏西城小序於
隨緣軒

夢談舊聞

漫談上海話

我是上海人，愛講上海話，南來六十年，說得愈來愈少，近十年，能跟我講上海話的親友，幾乎蕩然無存。母親失憶後，廣東話多，上海話少，跟她講話，回答的都是不純正的廣東話，氣煞我也。早年電影，寫上海情況者，盡配粵語，電影《半生緣》、《阮玲玉》，描述上海的人和事，幹啥用粵語？請教高明，答覆是：怕觀眾聽不明，影響票房。那真是天大笑話耳，看這類文藝電影的觀眾，總有點學識，不懂上海話，可看字幕呀！難道高明的朋友以為可以吸引到那些江湖混混來看？喲！緣木求魚者，莫此為甚。倒是王家衛有灼見，《阿飛正傳》老阿姐潘迪華演張國榮母親，一口上海話，聽得燙貼暖和，嘗建議家衛兄拍一部真正的上海電影，不一定講上海灘，二三十年代弄堂風光，風格近乎袁牧之的《馬路天使》，好讓我等老上海穿過時光隧道重溫舊情，可這是遙遠的夢嗎？是夢？非夢？只好求諸造夢的人！

上海話據歷史記載，屬吳語一類，比吳儂細語的蘇白口音較重，卻又不若雜入寧波方言那麼煞硬。不管別的市府，單說上海，就有市區、崇明、練塘、松江和嘉定五個口音區。上海文明人以市區口音為正宗，此即為標準上海話，至於其他四區，尤其是崇明，早被視為「鄉下話」。上海人重階級，浦西人看不起浦東人，鄙之為「鄉下大好佬」，不列廟堂。浦西即今日人人共知的大上海，三十年代紙醉金迷，繁華一時，人人都以能說市區上海話為榮，聽說出之縉紳之家的詩人邵洵美，細膩潔白，英俊倜儻，一口軟濃合度的上海話，旗亭賭韻，板橋尋春，迷盡嬰宛。我沒見過邵公子，但類似人物，六十年代在香港也確有見面的機會。書家王植波、電影《兒女英雄傳》的安公子，就是活脫脫張愛玲筆底下的人物，雋秀灑脫，溫文爾雅，見廣識多，與之談，如沐春風。我曾執弟子禮學鋼筆書法，第一課，植波師執我手一筆一劃寫，可惜墜機早逝，只學得皮毛。還有一位陸先生，住我家樓下，做貿易生意，開夜總會，上海話也標準，最鄙「阿拉儂」的三及第寧波上海話，嘗言：「格種寧波腔弗上枱面。」

母親是寧波人，在上海長大，上海話蠻好，惟不如她的老姊妹三阿姐，嬌小如香扇墜，話語似黃鶯兒。聽說是黃金榮的情人，糯糯帶蘇白的上海話，聽得男人骨頭酥心兒跳。老阿姐潘迪華的上海話流利，略嫌硬梆，話如其人，剛強直爽。

最近上海有一部電影叫《羅曼蒂克消亡史》，導演程耳，葛優、章子怡聯演，電影以上海話為主，吳思遠看了，向我推薦，豎高大拇指說：「嶄！」我忽地想起韓邦慶的《海上花列傳》，全書用吳語，姜漢椿先生引言云——「《海》書雖寫妓女，但其宗旨卻是『為勸戒而作，其形容盡致處，如見其人，如聞其聲。閱者深味其言，更返觀風月場中，自當厭棄嫉惡之不暇矣』」又云——「此書的另一個特點，是用吳語寫作。據《海上繁華夢》作者孫玉聲在《退醒廬筆記》中云：『余則謂此書通體皆操吳語，恐閱者不甚了了；且吳語中有音無字之字甚多，下筆時殊費研考，不如改易通俗白話為佳。乃韓言：『曹雪芹撰《石頭記》皆操京語，我書安見不可以操吳語？』」張愛玲怕讀者不懂，譯為白話，用意好，卻失真。陳定山在《春申舊聞》一書中把上海話劃分成兩派，一是二〇年時代老上海閒話，以浦東、浦西、虹口為主；次則是四十年代的浦西上海話，定公以為正宗，如今又多了一種新派上海話，流行於七八十年間，夾七夾八的新語多，甚麼淘漿糊，我這個老上海勿大懂。

這裏不妨舉幾句老上海閒話：（一）翹辮子（死亡）、（二）阿木林（獃子）、（三）觸鷩腳（說是非）、（四）卡拉士（格調）、（五）名譽人（名人，尤指交際花）、（六）腳饅頭（膝蓋）……，不勝枚舉，上海朋友，你能懂多少？

● 韓邦慶的《海上花列傳》綫裝本內文書影之一

● 韓邦慶的《海上花列傳》綫裝本內文書影之二

滬式小吃

齒齡徒增，嗜吃，我為滬人，口味偏濃油赤醬，喜紅燒肉、滷牛肉，每頓以之佐飯，百吃不厭。醫生云：「紅肉多，易損身體，小吃為宜。」近年怕死，戒除大半。紅肉中，猶喜金華火腿，老外西班牙火腿，薄如紙，味亦佳，惟不逮吾國。文豪梁實秋喜歡吃，他說從前北方人不懂吃火腿，嫌其油膩澀味，故只取清醬肉，火腿由南傳北，漸漸地北方人也能欣賞火腿。吾人吃火腿，必挑金華火腿，惟最好吃的乃金華附近東陽縣所製，《東陽縣志》云——「薰蹄，俗謂火腿，其實煙薰，非火也。醃曬薰將如法者，果勝常品，以所醃之鹽必台鹽，所薰之煙必松煙，氣香烈而善入，製之及時如法，故久而彌旨。」

東陽上蔣村蔣氏大多以製火腿為業，因而「蔣腿」最為著名，反之在金華本地未必能吃到上好火腿，蓋上品已銷行海外各地。曩昔上海，天福市的熟火腿最香，梁氏每經大馬路，必買四角錢，店員利刃切成薄片，瘦肉胭紅，肥肉透明，視覺上已可得滿分。這種火腿，我年幼時亦曾嚐過，母親在春秧街「同順興」購得，予家父佐酒。我立侍於旁，得分賞數片，嚼之，味鮮肉香，可進飯兩碗，真非美國、西班牙等火腿所可比。

火腿外，家父亦喜醬豬肉，此為蘇州小吃，以「陸稿薦」最著名。六十年前，北角碼頭有家同名小店，當係沿用，是否老店南遷，無可稽考。但所做醬豬肉，至為上乘，皮紫而稔，故曰「醬豬肉」，入口即化，最宜牙患老人家，外婆每頓可吞三塊，終於得中風病。其時，人都乏醫學常識，甚麼膽固醇、脂肪油，全然不懂，只要有好吃的東西，即大快朵頤，管它身子何如，壽若干！吃東西，無戒心，其實是一種福分，如今的人，每遇美味，尚未動箸，醫生忠告已在耳——「閣下膽固醇已超標，血糖高升。」每念及此，還哪有胃口進食！縱然山珍海錯在眼前，也得視若無睹，想長壽，吃蔬菜、蘿蔔吧！

如果問我最愛哪種小吃，麵是第一選擇，我獨嗜陽春麵，陽春雪白，幼細麵條浮於濃湯上，灑以蔥花，衛生健康。別看一碗陽春麵，做得好，實不易，麵條最講究，以幼麵為主。曾吃過一家麵館，陽春麵端上來，用的竟是闊條麵，既視覺受損，味蕾亦消，要知道，陽春麵絕不可輔以闊條麵。也有店家創新，用類似油麵的粗圓麵，則更風馬牛不相及。小吃者，愈是簡單，愈考工夫，香港的陽春麵，吃過的，以舊日啟超道「老正興」最好，唐教主生前，常與我共飯於此。每至，我必挑陽春麵，伴以炒鱔糊、韭黃、蔥花，口味之佳，無與倫比。不喜鱔糊，可揀「雪菜肉絲」、「榨菜肉絲」，甚或「五香牛肉」，要點是湯與麵。有時不吃麵，取薄餅，古人有春天吃餅習性，《通俗編．四時寶

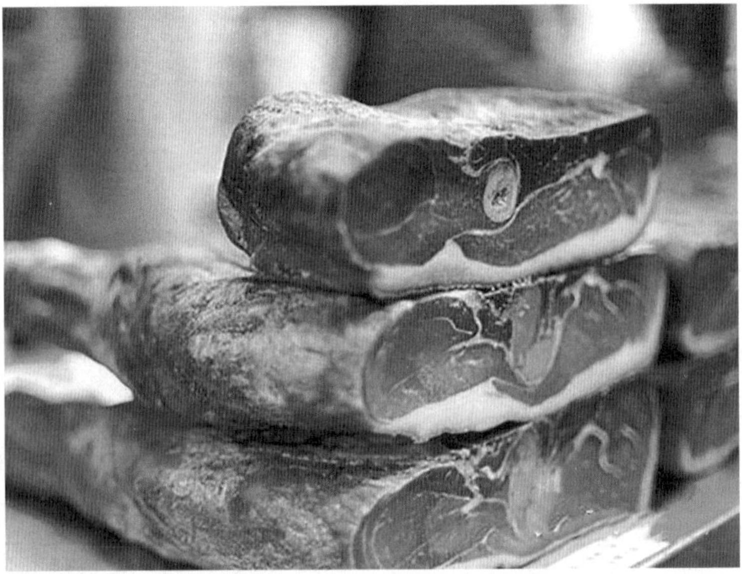

● 金華火腿

鑑》：「立春日，唐人作春餅生菜，號春盤。」春盤即後來所謂春餅。春餅盛行中國各省（現已式微），而薄餅，似乎是北方人的專屬，有大小之分，現今香港則無如此講究。以前跑馬地「松竹樓」薄餅一絕，皮薄沾粉，用手揑之，手帶粉末。薄餅是要捲菜吃的，講究的分熟菜和炒菜，香港北方店家多配炒菜，為韭黃肉絲，偶然蓋上一張攤雞蛋，叫「戴帽」，其味絕佳。「松竹樓」歇業後，大漢天聲，已成絕響，要吃好的薄餅，近乎奢望。

往昔上海大菜漫談

「外公外公，我要吃色拉麵包！」三歲的我在大世界門口跺腳撒賴。不給買，不走，我是小霸王嘛！外公呵我一口：「今朝勿吃色拉麵包，我們去阿毛公公的紅房子！阿好？」「為啥不去一品香？」外公道：「充老鬼，一品香早上牌門板了！」

大菜館我只曉得一品香，隔壁殷師母常掛在口邊，一品香菜館有名，不是最高級。外公帶我去過紅房子，一客牛扒，小弟弟吞不落，兩公孫共享，你一口，我一口，其樂融融。算算辰光，已是六十九年前矣，外公墓木早拱，我也雙鬢添霜。

外公是個教書匠，古文滾瓜爛熟，愛穿長袍，卻喜西餐。西餐上海人叫大菜，無論英、法、德、俄、美統叫大菜。英國式叫大菜，其他則叫法蘭西大菜、德國大菜、羅宋大菜、花旗大菜……其實在我們上海人嘴裏吃到的大菜，早已經過改良，變成上海大菜，阿毛公公是一把手。外公說最早的大菜館叫萬家春，後來又有了嶺南樓和一家春，皆開在四馬路一帶。這可不是好地方，烏煙瘴氣，藏污納垢，正經人家不會去。我問外公可去過？語尚未了，額角上已吃了一記馬栗子。我提的一品香，老闆徐姓，腰纏萬貫，大菜館小生意，不放心上，很快就給其他店家搶過風頭。不過一品香有兩道名菜：金必多湯和六小姐飯，值得回味。金必多湯我在香港嚐過，六十年代末，銅鑼灣近利舞台戲院，有一家雅思餐廳，鄭老闆仿一品香烹金必多湯，香濃味鮮，人人愛吃。湯實係奶油湯，加雞絲、鮑魚絲，上菜時，灑上數滴紅油，紅白相映，蔚然成趣，舌未沾，目已亮。至於六小姐飯，聽說是滬上名女人富春老六所創。

上海大菜繼一品香後，又有倚虹樓、中央、大西洋，開在會樂里口，其中尤以倚虹樓最負時譽，蓋與鴛鴦蝴蝶派大家畢倚虹同名，人皆以為畢所開，賓客如雲，門限為穿。畢倚虹如今年輕人知者不多，他是滬上才子，當年兩冊《春江花月夜》、《極樂世界》風靡萬千讀者，成為上海灘一等一的大作家。倚虹樓靠此牌頭，豈會不紅？倚虹樓出過一樁趣事，乃是小抖亂葉仲芳擺計戲弄音樂大師黎錦暉。黎錦暉以作曲鳴於時，《毛毛雨》，人人琅琅上口，傳唱街頭巷尾，入息甚豐，惟素性吝嗇，一毛不拔，平日慣吃人。葉仲芳看不過眼，挪用黎錦暉名義，遍發帖子給友儕，擺台倚虹樓。一聽吝嗇鬼請吃飯，紛紛響應，沒收到帖子的，也來軋一腳。葉仲芳私下用自己名字發帖宴請黎錦暉。有吃必至，施施然赴會，據案大嚼。席散，人人過來稱謝，黎錦暉一頭霧水，莫名土地堂（幹麼謝我？）。及至管事遞上帳單，主人竟是自家，方才恍然中了小抖亂奸計。氣得拍台而起，打着湖南腔說：「莫得是有鬼啥！」上了老虎凳，豈能下來，忍痛付帳，破費五十多元，從此不敢亂赴飯局。

外公是同康里有名老饕，大凡好的大菜館都要去作一番瀏覽，他吃過三十年代福致飯店的炸雞腿，譽為天下美味——「世界上再尋勿出嘎種味道了！」陳定山有同感云：「吳淞福致飯店，最值得人懷念的是飯店的一味炸雞腿。每當夕陽西下時，一張藤榻當嗜，面臨大海滄波，黃雲落日，一味炸雞腿，一杯五年陳的白蘭地，實有南面王不易之樂。」外公是否有南面王不易之樂？不得而知，念念雞腿情懷，當跟陳定山相彷彿。

上海大菜館人人可光顧，外國飯店則非人人可進門。早年，排華觀念嚴峻，外灘理查飯店、南京路匯中飯店、四馬路都城飯店，中國人進出要走邊門，吃飯也不能與洋人一處。五四運動後，愛國情緒高漲，另一方面，世界輿論也齊聲指責，歧視華人惡習取消，中國吃客都可自由出入外國飯店。這三家外國大飯店均具藉藉名。理查飯店奶茶出名，蛋糕做得好，上海淪陷，日軍佔領，花架上盡擺上人頭，成了凶宅。戰爭結束後，滙中、都城、理查衰落，大華飯店接踵鵲起，杯箸富麗，座位華貴，上海第一，西餐則爾爾，滬人戲謔「吃場面」。大華後，外灘華懋飯店繼起，七樓闢作大菜館，供十五年陳的白蘭地，售價七元，貴絕上海灘而食客絡繹。華懋獨佔地利，倚窗眺望，遠至浦東煙墅漁村，近到江上風帆汽笛，無不悉收眼簾。光顧者都是財雄上海的高屐之士，一如邵洵美者，一般草民唯有望門興嘆！這些飯店多旅館兼業，名氣響，菜式薄，哪及一品香、福致。早不敵時代巨輪，悉數泯滅，惜哉！

香港的上海人

五十年代北角是小上海，裏面住着我這樣一個小毛頭。三八七號英皇道一幢四層高唐樓，一梯兩伙，八個單位，幾乎全是上海人。咱家六口，連兩位女傭，住在三樓；隔鄰蕭姓人家，樓下施宅，三家人常往來，上海話講得嘰哩呱啦響。每逢過節，三家齊集，喝茶、吃飯，打牙祭、搓麻雀，喧天鬧地，不亦樂乎。上海人愛串門子、閒話家常，你來我往，鬧過不停，熱鬧得教人煩厭。可現在想煩也不能了，鄰里見面不相認，笑問客人儂是誰？人情冷，跟物質慾有關。以前物輕情義重，今日物重情意輕，套不到交情。既稱小上海，當然不乏名人，早一輩有徐季良、王國樑、王志聖、蕭三平、沈吉誠、包玉剛、邵逸夫、董浩雲……包、董皆船王，聲名遠播人人知，邵逸夫是影城大亨，洋人敬三分。可徐季良是誰？怕知者不多，便是如今蘇浙同鄉會的奠基人，當年上海人的大佬。彼非巨賈，力量老大，跟台灣關係好得交關。那時做生意沒台灣不行，要跟台灣打交道，非靠徐老之力。邵逸夫、董浩雲、包玉剛，財厚名高，見到徐老，都得哈腰叫聲老大哥。徐老笑臉相迎，不一定賣三人賬。他身邊有個老朋友，乃八拜交，名曰蕭三平，人稱三平伯，老上海均知其名，淡薄名利，兩袖清風，徜徉江湖，滬人尊重。父親告我三平伯義薄雲天，活人無數。香港淪陷時，三平伯諳日語，跟日憲兵隊長甚為相得，因而救了不少同胞。一有人為日憲兵抓去，家人便跑去求助。三平伯總是裂開笑口道：「儂勿要嚇，有三平伯嘛！我到憲兵部去講講斤頭！」滿腹經綸，辯才無礙，不待一兩個鐘頭，人便放了出來。感恩不迭，送上厚禮，卻之，曰：「打仗辰光，花額種銅鈿做哂？擺回去讓小路路買糖吃！」堅拒不收，萬般懇求底下，只收一條香煙，意思意思，餘盡璧還。父親說要沒蕭三平，不少人會活遭殃。父親三七年太平洋戰爭時期身陷香港，發揮愛國心，跟老朋友翁靈文參加救國話劇團，排戲抗日。不意其後為密偵所告，被邀往憲兵部問話，急煞大媽，淚墮如珠，涕零如雨，奔往求助。三平伯閒話一句，襪子沒穿上，三腳併兩步，跑到中環憲兵部「相談」後，父親無事釋放，大媽如見久旱雲霓，悲喜交集。地下皆寃肉，人間半刧灰，別後再相逢，焉能不抱頭。父親感恩，每逢過節必挽佳釀詣蕭門。我見日文管用，求三平伯教我。平頂頭的三平伯，手拄士的克，撫我頭說：「等儂長大，三平伯保送儂去東洋！」可惜未待我長成，三平伯已作西歸。

黃國樑有人認識，純乎四五六這塊牌匾。這是英皇道上海名店，名頭不下啟超道老正興。店面兩間，寬敞堂亮，雅座整潔，菜式色香味俱全，清炒蝦仁呱呱叫，小河蝦天天杭州運來，青豆炒之，碧綠晶瑩，入口鮮甜。韭王炒鱔魚，無骨無腥，清香撲鼻，足振食慾。母親最喜這裏的豆瓣酥，老正興大有不如。王老闆四海，江北大亨馬老爺落難，每天管兩頓飯，還有餽贈，馬老爺不敢受，黃國樑怒道：「大家上海人，我勿照應你，還算是人勿？」馬老爺眼淚滂沱，無言以對。上海後一輩名人尚有金庸、倪匡，都是一等一的大作家。前者武俠小說縱橫天下，百年罕見，人死名猶留；後者精於科幻著作，濤洶浪急，構想雄奇，三地兩岸，後繼乏人。上海文人今已式微，即便四大海派作家蕭思樓、方龍驤、馮鳳三和何行，今亦不易得，大漢天聲，已成絕響。文人以外，還有大科學家、一代名儒高錕，發明光纖，造就了網絡世界，年老失智，不能自顧，飽受煎熬，天道何其無寧？至於影壇大亨邵逸夫，為銀色男女織夢，娛樂千萬觀眾，蕞爾小島變身東方荷里活。嗚呼！盛極必衰，八十年代後，北角上海人漸少，代之而起者為福建幫眾，團結齊心，財雄勢大，盤踞北角，生人難近。偶過北角，汗毛凜凜，快步走過，心跳始停。此為昔日所無，何以如此？不得而知。

上海聞人在香港

五十年代香港上海聞人，來自江、浙兩地，吳語普及，文化圈、影圈盡是阿拉儂，勿會上海閒話，要吃大虧。邵氏父子電影公司老闆邵醉翁，一口寧波上海話，懂者不多。我隨父親往詣於旺角邵氏大廈，必饗以雀巢巧克力，臨別，又將其餘巧克力塞進我工人褲子袋：「來，小阿弟，多吃塊糖，甜甜心！」於是小阿弟從此忘不了老阿哥。

邵氏父子其後漸不敵星洲電懋，醉翁急召其六弟邵逸夫自新加坡來救亡。卸下「父子」，換上「兄弟」，金漆招牌，光芒萬丈。先在清水灣買地，造片場、築影城，力壓釜山道永華片場氣焰；繼而大拋銀彈，盡攬巨星，林黛、李麗華、樂蒂、杜娟、凌波、陳厚、張沖……粒粒皆星，鑽石鑽石，亮晶晶，耀得人眼睛睜不開。這些男女明星，大都是地道上海人，上海話刮立鬆脆，六老闆好溝通，自然得歡心。上海話講勿來，對弗起，別說主角沒份兒，配角也挨不到。編劇部的上海文人亦多，易文、董千里、程剛、陳蝶衣，加上朱旭華夫子，喲，上海人世界！難怪有人抱怨：「勿懂上海話，千萬別去敲邵氏門，要觸霉頭哉！」

六十年代後，邵氏編劇是倪匡一個人獨大。倪匡，上海長大，上海話頂呱呱，六老闆最喜他，大凡有故事要開拍電影，六老闆號令一句「蠻好蠻好，叫小倪匡去寫！」於是，十之八九的劇本，古裝、時

● 當年的邵氏

裝，幾都出自倪匡之手。一劇兩萬，這筆賬，弗得了哦！好過做銀行行長。

新人想踏進門檻，不容易。我運道好，打破成規，七十年代為邵氏編了個《鹿鼎記》，劇本寫得麻麻地，經前輩司徒安揮筆一改，燦然生輝。邵氏規矩，劇本分三期支付，一、二期，No Problem，尾期，拖拖拉拉，錢難收。只有倪匡例外，一手交劇本，一手收現鈔，支票不要。我這個小上海，有幸是大總管禧哥小友，尾期遂手到拿來。七十年代中期，我為大導張徹寫劇本《五毒忍遁》，價錢已是一萬元，等同如今十萬。僅寫一稿，修改由張大導負責，真乃輕鬆。許多人以為張徹來自台灣，因為寫過《高山青》，實則是地道上海青浦人士。這位大哥在香港泡了幾十年，廣東話跟倪匡、金庸不相伯仲，廣東人聽不懂，上海人更不知道他們在講啥，大抵也只有他們自己聽得懂，可在他們心中，這就是最純正的廣東話，聽不懂嘛，是廣東佬蠢！

有一回，他們三個人跟一個廣東佬打沙蟹，為求溝通融合，全場廣東話，以為廣東漢佬會領情。豈料方打了兩 Round，廣東佬忽地舉手抗議，寧可叫他們講回上海話，為啥？廣東佬說：「你哋啲廣東話，我聽唔懂，敢請三位兄台仲係講返上海話吧！」旁邊的人皆捧腹。三位大佬的廣東話，遠離水平，非驢非馬，聽得廣東人一頭煙，就是上海人也不知他們講啥，尤其是倪匡說話，快如機關槍，巴噠巴噠掃過來，廣東佬側着頭問：「俔老哥，你啱啱講乜？（你剛才說啥？）」

南下文人廣東話多講不好，夜遊專家過來人，小塊頭，素以老香港自居，說話喜歡滬、粵交雜，一見到廣東人總愛炫耀他的「標準」廣東話。有一回到茶餐廳喝咖啡，坐下，召侍者過來：「大佬，唔該你把新聞紙攞來！」侍者OK一聲，不旋踵遞來一碟三文治。過來人眉頭一皺：「我冇叫過三文治呀！」侍者大窘：「老細，明明叫三文治喎，點解唔認數？」過來人一想，恍然，指着一邊的報紙架，一字一句讀出：「新——聞——紙！」廣東話不正，鬧出笑話。

又有一回，過來人到一家酒家搓馬將，三缺一，就吩咐酒樓經理代找一隻腳來，經理聽了，面面相覷，似有難言之隱。過來人是老主顧，得罪不得，只好唯唯否否轉頭去找，邊走邊嘀咕：「黑墨墨，去邊處搵隻着雀嘢呀！」原來過來人把「腳」唸成「雀」，至讓經理好生為難，幸好同桌有廣東佬，立予闡釋——「過老闆叫你搵隻腳，唔係要雀仔！」滿堂哄笑，不在話下。

上海文人入香港報界討生活，入鄉隨俗，不免要講廣東話，來時年紀已老，舌頭打結，彎不轉，音不純，就易有上述過老闆的笑話。雞同鴨講，錯誤百出，也不必苛求，只要稍能溝通便無妨。文人單身，生活苦悶，自然想求淑女，正如粵謳所唱——

「求淑女，大眾喜歡樂趣。」上世紀五、六十年代外省女人少，將就一點兒，好跟廣東人和親。陳蝶衣南來數十年，只講他的上海廣東話，卻討了廣東老婆。以前，雞同鴨講，後來漸漸變成雞同雞講，日月星辰，時光把廣東老婆同化，一代詞聖蝶老終為阿勒上海人爭回面子。

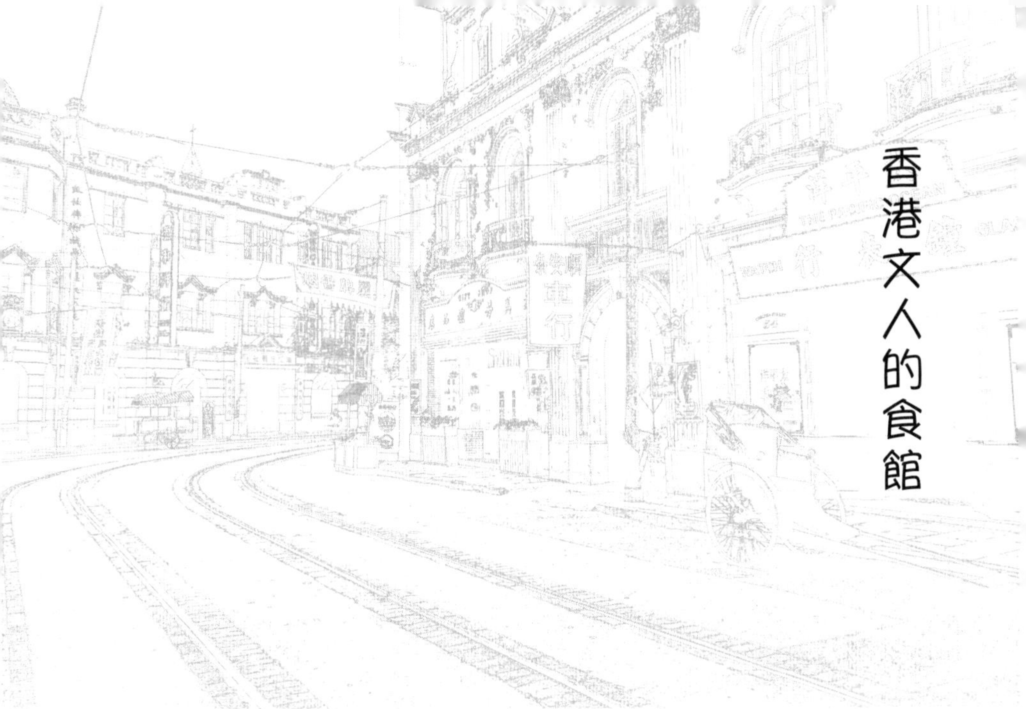

香港文人的食館

六十年代，我剛起步學寫文章，一班老作家爭相扶持，薦我去為報紙、刊物寫稿，多獲刊用。非才高八斗，實是仰仗了前輩名聲，其中出力最勤的是《晶報》督印人鍾萍，素喜提攜晚輩。我是他兒子同學，格外費心用神，不到半年，就成小作家。他是廣東人，喜歡粵菜，上茶樓乃每日例行公事，中上環的老牌酒家襟江，是他駐足之處，一壺茶、兩三碟點心，摯友聚談，消磨半晝。這裏的豬潤燒賣，遠近馳名，為眾多食客所嗜。豬潤上海人管叫豬肝，菠菜放湯最好，粵人多作熱炒，伴以洋蔥，香味撲鼻。我是上海人，親炙上海幫，香港海派四大作家，過來人、何行、龍驤、鳳三稱譽報界，都是報紙副刊主編，你的稿交我，我回傳一篇，每人一日寫七、八家報館，忙得不亦樂乎。

過來人名蕭思樓，小開！名字多詩意，閉上眼，仙風道骨的詩人出現了！可一睜眼，前面明擺着一個中年胖子，穿上襖衣，十足上海錢莊賬房先生，跟文士勿搭架。人不可貌相，海水難斗量，蕭老闆誇啦啦，尤其是描繪香港下層生活，人情冷暖的《托臀私記》，堪比魯迅紹興小同鄉，筆名三蘇的高雄。除了寫作，拿手絕活是點菜，香港上海館子哪家好，哪家勿靈，全藏在他肚皮。報紙老闆宴客，吃上海菜，不管上海幫、廣東幫，都要找蕭老闆，經他手，不虞做洋盤。第一家必選銅鑼灣啟超道老正興，店名源自上海，卻非

晶報
外匯券通行六年
今年內完全取消
天津市出口商品展銷會

●當年的《晶報》

一脈相承，做的上海菜頂呱呱。不懂吃上海菜的，跑進店堂間，舉手便叫清炒蝦仁、韭黃炒鱔糊，阿拉蕭老闆嗤之以鼻：「阿木零，勿懂吃。香港哪有新鮮河蝦？冷藏的，寧可吃田螺肉。」因而從不點，道行老深，炒蒜　糊也不入眼。哪貼啥？冰凍豆瓣酥，其他食肆都有，獨老正興做得最好，入口爽。還有麵拖蟹，香氣噴人，苔條炒蛋，看似普通，做法不易。上海沒好湯，蕭老闆親授大司務烹鹹肉豆腐湯。鹹肉向秧街同順興選購，豆腐來自品香，加百頁結，平平常常一碗湯，功夫不少。湯上枱，鮮得人人吐舌頭。到九龍去，尖沙咀寶勒巷大上海是首選，菜式花樣多，居然連兔肉也用上，上海人奉之為葷中之素，吃兔肉一如粵人進小蛇，平常得很。可廣東佬一聽見兔肉，全身哆嗦，雙手猛搖：「老兄，未搞我！」哈哈哈！咱上海佬當笑他們小兒科。大上海外，柯士甸道的天香樓標榜全年供應大閘蟹。紙醉金迷的何行，一口氣可吃五、六隻，荒唐龍驤酒上酒落，頂多兩隻。大胖子鳳三，便是詞家司徒明，《今宵多珍重》、《杏花溪之戀》皆是他填的詞，愛吃蟹，胃衲不大，吃到第三隻，有半隻塞進我碟子「小鬼，幫幫忙！」天香樓賣正宗杭州菜、老闆韓桐春，善交際，天花龍鳳，詩人墨客盡入彀中，實則菜式平平無奇，一逕地貴，富人反然趨之若鶩。六、七十年代，香港最紅的愛情小說作家依達，情迷天香樓。有啥好？答曰：「枱子少，客多熟人，有歸屬感。」依達好靜，此性今猶未改，回歸珠海不見人。

依達洋派，衣著新潮，傑作《蓉妮坦日記》風靡萬千少男少女，雖云流行小說，實寫出兩情相悅豈在朝朝暮暮之情意，成為學生偶像。小說以外，還跟謝霆鋒老父謝賢合作拍電影，後又跟女星萬儀組成情侶合唱團，四處跑碼頭，美金賺得麥克麥克。洋派的人，洋派生活，常到中環希爾頓頂樓的鷹巢吃西餐。那裏的消費，膽子小的，要嚇死，一頓西餐，小弟一個月的稿費也不夠付，只有名作家如依達者，方能花得起。鷹巢酬最好的菜式是燻雞胸肉，來自瑞士，肥而不腴，味極鮮美。依達好聽音樂、跳茶舞，有暇便詣大埔道的沙田酒店餐廳，一杯咖啡，閉目養神，悠然入夢，跟美人共舞。海派作家多住在北角，吃大菜，例必光顧英皇道上皇后飯店。老闆于永富，上海俄羅斯大廚居里洛夫高足，南下香港，將上海大菜引入香江。羅宋湯濃香，牛肉咬勁好，蛋黃沙律、蝦多士和俄國牛柳絲，獨步於時，百吃不厭。我每至，必點蝦多士，多士上的那片蝦，鮮甜美味，齒頰留香。偶然也會跑到對面馬路的溫莎，便宜，菜式較粗，文士不多。說依達洋派，不好比徐訏先生，足足差一截。四十年代，一本《風蕭蕭》，紅遍大江南北，教懷正出版社老闆劉以鬯賺了不少錢。可徐訏更喜《荒謬的英法海峽》，只要跟他談起這本書，平日寡言冷漠的徐老，勁道來了，閒話多如飯泡粥，停也停不了。彼美服飾，冬天一件棕色法蘭絨外套配同色長褲，腳踏同色猄皮鞋子，內配黃、棕方格襯衣，脖子繫淡黃圍巾，口叼煙斗，煙霧中，隱約見到臉上飽經滄桑的皺紋。徐老住九龍城，有人勸他搬過來香港，交通方便，卻誓死不依，原因是九龍城的嘉林邊道、衙前圍道直有舊日上海霞飛路的氣味。他說過，如果在嘉林邊道種上法國梧桐，便是活脫脫的霞飛路。他最嗜咖啡，每午要喝一杯，九龍半島大堂餐廳常客，後嫌人雜，渡海至中環大會堂嘉頓，孤獨老人，一杯咖啡，一塊栗子蛋糕，側首吸煙斗，遠眺雜樹繁花，凡塵盡洗，六朝人所謂：「風神蕭散，望之如神仙中人。」大許正是徐老此際寫照。

上海文士上官牧，跟女星小野貓鍾情相熟，常結伴到半島的吉地士餐廳吃上等牛扒，龍驤告我上官牧年青英挺，很得鍾情歡心。不獨愛情小說寫得好，用石沖筆名所寫的武俠小說也不賴，可惜英年早逝，文壇損失。用今聖嘆作筆名的程靖宇，不拘小節、地痞館子，一流食府都見他。曾對我說：「吃咖啡，我喜歡尖沙咀蘭宮酒店咖啡廳，巴西咖啡，入口味留不去。店面小，人不多，有回到家裏的感覺。當然對面格蘭也不差，我還是喜歡蘭宮。」因貪方便、喜泡上環海旁一帶冰室，一杯濃咖啡，五百格稿紙一攤，揮筆直寫，店東慣了，不以為忤，還沾沾自喜「外江佬是大作家哩！」

沒錯，原名程靖宇的老前輩，是北大學生，聽過胡適的課。

大文豪金庸，海寧人，卻好杭州菜，幾乎無杭州菜不歡，一有餘閒，相約董千里、倪匡、汪際等往天香樓吃大閘蟹、龍井蝦仁、糖醋排骨，每款價錢不菲，四個人點三、四個起碼小菜，花雕兩瓶，賬逾一千，六十年代，高消費矣！千禧年代，杭州飯店在灣仔開業，金庸移師到此，讚其菜式美味，題匾相贈，杭州飯店一炮而紅。

五四名作家葉靈鳳後人，近日出版其日記，是為珍貴文壇史料。靈公在灣仔治事時，多光顧京菜美利堅，喜啖童子雞，大菜則幫襯灣仔龍記，跟同事品茗，多挑大公報報館旁的百樂門酒樓。我曾訪靈公，老幼相別，已逾四十七年。

走筆至此，窗外下雨，雨聲驚破文思，無奈擱筆。坐下喝口龍井，不期然想起，文中人物除了依達，餘皆謝世。予心方堪寂，閒臥白雲起，好友已寥寥。

上海時代曲三大宗師

「毛毛雨下個不停，微微風吹個不定……」十歲時，家中黑膠唱片播放這首歌，我琅琅上口，劉達良叔叔曾在上海辦「梅花歌舞團」，告我「曲、詞均為黎錦暉先生所作。黎錦暉先生是一個了不起的大人物，沒有他，就沒有今天的時代曲，他是時代曲之父。」我記住了這個名字。黎錦暉湖南湘潭人，兄弟輩排第二，幼喜音樂，二十年代中期專事兒歌創作，著名的有《麻雀與小孩》和《三蝴蝶》。一九二八年始創流行曲，第一首是《毛毛雨》，由彼千金黎明暉主唱，迅即傳遍上海，繼而一曲《妹妹我愛你》，掀起時代曲蓬勃序幕。

劉達良叔叔一提起黎錦暉，滔滔不

絕：「我跟他是朋友，他搞『明月歌舞團』，頂呱呱！周璇、王人美、白虹、黎莉莉這班紅得發紫的歌星，全是他一手調教出來。」名字一大堆，我僅知道周璇，母親說她是一個苦命歌女，對苦命人，我格外在意。周璇的《永遠的微笑》，我愛聽，也會哼幾句。劉達良叔叔往下說：「除了歌星，黎二哥還栽培了作曲家聶耳、嚴華、黎錦光……」聶耳我管他叫四隻耳朵，他的《義勇軍進行曲》，雄壯高昂，振奮人心。

小學畢業，懂字多了，翻看舊雜誌，方知道平日愛哼的《桃花江是美人窩》是黎二哥傑作，周璇、嚴華合唱，節奏輕快，母親常以查查舞姿和之，輕盈如燕。黎錦暉之後，最出色的當數他的七弟黎錦光，作品多，筆名夥，金玉谷、金流、李七牛……，不明所以的人還以為是其他作曲家。劉達良叔叔說：「七哥作曲快而好，有時一曲作罷，只花十餘分鐘。」奇才也！

● 黎錦暉

● 黎錦光

● 陳歌辛

以論才華，黎錦光實在他胞兄之上，說得出的名曲，大半出自他手，隨手拈來，有《滿場飛》、《夜來香》、《香格里拉》、《採檳榔》，其中《夜來香》更衝出中國，遠渡日本，日本國寶服部良一稱譽《夜來香》為「世紀之曲」。有關《夜來香》的創作經過，傳說頗多，我在〈我愛《夜來香》〉一文中曾這樣說過——「錦光創作《夜來香》本來是偶然有所衝動的。他在辦公室看窗外的夜色，月光如洗，月色皎潔，月下輝映，看還在盛開的鮮花夜來香，微風飄拂，花香透入靜靜的屋裏，錦光被這樣美好的景色沉醉了。他立刻動手寫出了一首抒情氣息很濃的曲子《夜來香》，同時也為曲譜寫出歌詞。」曲畢，本擬交周璇，後改由李香蘭演唱，箇中原委是——「一九四四年，李香蘭由東北來到上海，加入『華影』。有一天，她跑到『百代』準備錄唱片，卻在黎錦光辦公桌上發現了《夜來香》的曲譜，她拿起照着唱，一唱入迷，就懇求黎錦光給她唱這首歌。」李香蘭毛遂自薦，後來居上，憑此曲紅遍大江南北和東洋。

喜時代曲者，一定聽過歌仙陳歌辛作曲、姚莉演唱的《玫瑰玫瑰我愛你》，中國人喜歡，外國人也喜歡，改編成英文曲，唱遍百老滙。比起黎氏兄弟，才華卓越的陳歌辛是晚輩了，四十年代以降，所作歌曲，如《夜上海》、《永遠的微笑》、《鳳凰于飛》、《薔薇處處開》、《忘憂草》、《戀之火》，無一不是名曲。陳歌辛喜以曲配星，合作的歌星先後有周璇、龔秋霞、白光、李香蘭、姚莉，「用人唯才」是歌仙的座右銘。姚莉姐談《玫瑰玫瑰我愛你》——「陳歌辛的老婆叫金嬌麗，洋名Rose，陳先生為了表達對愛妻情意，特意寫了這首歌！」陳歌辛中印混血兒，輪廓分明，玉樹臨風，顛倒不少女歌星，李香蘭戀彼最深。曲愈流行，禍害愈大。到四九年以後，政府銳意打擊「奢靡之風」，黎氏兄弟、陳歌辛首當其衝，尤以歌辛先生餓死安徽最淒慘。今夜聽《戀之火》，潸然淚下！「百歲光陰一夢蝶，重回首，往事堪嗟。」馬致遠說得深透。

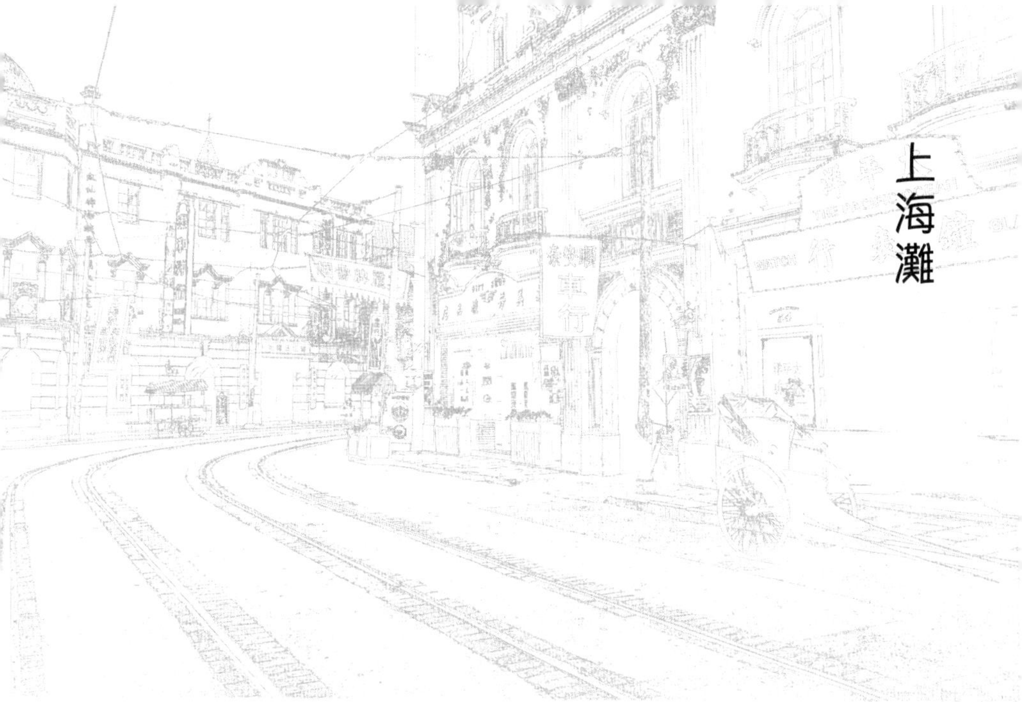

上海灘

朋友誚笑我厚時代曲而薄粵語流行曲，實則不然，動聽的，我也喜，尤其是顧嘉煇、黃霑二君之作，最中我意。七十年代中期，電視劇集大興，主題歌俱成為膾炙人口名曲，《啼笑因緣》、《家變》、《狂潮》、《奮鬥》……無人不喜，無人不愛，聲勢洶湧，惟皆不如後來居上的《上海灘》——「浪奔浪流，萬里滔滔江水永不休，淘盡了，世間事，混作滔滔一片潮流……」寫的是上海灘浪潮，聽者拜服。

可黃霑仁兄大意，忽略了黃浦江是內江，不興作浪，告予他，哈哈一笑：「反正錯了，就讓它錯定俗成！」鬼才黃霑，「約定俗成」易一字就遮掩了過失而令眾人欣然接受。《上海灘》劇集始播於八〇年三月，到四月畢，共二十五集，播出後，哄動全港，有人甚至捧着飯碗坐在電視機前觀看，瘋狂程度非筆墨可形容。這部名劇故事出自余友陳翹英，監製是招振強，不獨令周潤發紅上加紅，也讓呂良偉一舉成名。陳翹英是廣東人，對上海灘並不熟悉，編《上海灘》，靈感純來自一部法國電影《江湖龍虎鬥》，阿倫狄龍、尚保羅貝蒙多主演，描述鐵杆兄弟合力打天下，名成利就後，因利益而反目。故事跌宕感人，阿倫狄龍深沉，尚保羅貝蒙多硬朗，教我倆印象難忘，到籌劃劇集時，翹英立即想到了這部電影。因為我是上海人，又是老同學，便問我可有關於上海灘的事迹能提供，正巧那時我剛看了章君穀先生寫的《杜月笙傳》，就把上海灘三大亨杜月笙、黃金榮、張嘯林如何發迹十里洋場的過程，一一道說了，聰明的翹英順勢套進故事裏，構思出不朽的名劇。名劇配名歌，顧嘉煇譜曲、黃霑作詞，炮製了「浪奔浪流」的《上海灘》，由巨肺「蕃薯葉」（葉麗儀）引吭唱出，氣勢磅礴，百聽不厭。今夜燈下聽此曲，朦朦朧朧，當年黃霑為黃浦江無浪辯誣的情景又現眼前，只是故人一去已二十年，往事欷歔不可禁！

比起《上海灘》的雄渾，《一水隔天涯》的陰柔，在藝術成就上毫不遜色。六六年，粵語電影《一水隔天涯》上映，我趕到戲院看，捧的是苗金鳳，那年代，粵語影壇，是兩個阿鳳（林鳳、苗金鳳）天下。電影裏，苗金鳳唱出了《一水隔天涯》，年輕的我，一直誤以為是金鳳姐原唱，及長，方知乃藝術歌后韋秀嫻的歌聲。韋女士習聲樂，紆尊降貴，足見是好歌招引了韋女士的青睞。此曲為音樂大師于粦所撰，旋律幽怨，盡道相思之苦；左几的詞更是婉約迂迴，款款言之，動人心扉，曲詞皆妙，遂流行至今。

于粦叔我有數面之緣，七十年代我隨恩師鍾平遊，他總愛紹介各方有識之士與我認識，其中一位便是影壇性格演員盧敦，常共茗於北角「新都城」酒樓。敦叔神情一如彼電影中的演出，自成一格，笑談自若。有一回座上多了一個蓄鬍子

●《上海灘》劇照

的中年人，正是于粦，談起音樂，滔滔不絕。其時左派影圈被稱音樂大師者有兩位，一是黎小田之父草田，二為于粦。席間提起《一水隔天涯》，于粦叔說：「一般寫歌，多是先曲後詞，那趟有別常規，左几寫了詞我才譜曲。」先詞後曲，難度加倍？于粦叔說：「也不一定，左几的詞寫得太好，我一看便有靈感，很快成曲。」不妨看看歌詞——「妹愛哥情重，哥愛妹丰姿，為了心頭願，連理結雙枝，只是一水隔天涯，不知相會在何時。」

唸着唱着，想起了左几，七九年我進「麗的」，曾共事匝月。我對粵語電影，一直心存輕視，以為多是「七日鮮」，某趟跟左几叔晤談，印象翻新，彼對電影的認識，大抵只有右派的李翰祥能與比肩。左几電影，以《魂歸離恨天》最佳，個人風格突出，場面調度豐富靈活，大異於一般粵語電影，敬佩之心油然而生，閒時請教，得益匪淺。左几叔是孟嘗君，好客，共茶，永不讓我付賬。七九年某天下午，請我到他品蘭街的寓所閒坐，談及俄國戲劇大師史坦尼斯拉夫斯基的《一個角色的塑造》，背誦如流，記憶力之驚人，教我咋舌。一眨眼，兩位前輩離世已多年，稀有人才難得，當要珍惜眼前人！

《繁花》、《上海灘》與孟小冬

王家衛一齣《繁花》電視劇，熨熱上海，滿城說《繁花》，繁花真有那麼多？黃河路成為打卡中心，遊人如鯽，夾攤頭（擠擁）。黃昏寂聊寒風飄，不由想起故鄉上海來。香港人稱上海為「上海灘」，誠着眼於外灘這個上海市標誌，區內飯店，金融機構林立，男人西裝革履，偶然來頂銅盆帽，女士旗袍襯體，髮髻簪花，織花網膜掩臉，五光十色，毋負魔都之美名。《繁花》、《上海灘》均為電視劇，講的同是上海故事，前者着重男、女愛情糾纏，疑幻似真，金融市場，黑幕重重；後者重彩渲染男女感情，黑幫火併，你死我活，兩者異曲同工，撼動人心。

八十年代初，《上海灘》播出，香

港人陷入瘋狂，夜夜追捧。追風波及上海，更為厲害。上海友人告之曰：「阿要死快哉，老太太、老頭子、女人家子、小囡囡，捧老飯碗，眼睛只盯着電視看，電視做光了，飯碗仍滿着。」一播《上海灘》馬路行人渺，南京路上沒影兒。家家戶戶瑟縮家中看電視，許文強、馮程程、丁力，亮麗登場，風頭之勁，連國家領導人也給壓了下去。說起來，《上海灘》此劇也真怪，幕前幕後居然沒有一個上海人。監製招振強、劇審陳翹英、梁建璋，古兆奉，演員周潤發、趙雅芝、呂良偉皆是粵人，《上海灘》居然名震上海，可謂奇怪。有人說《上海灘》故事出於我手，實在是抬舉了我矣，其時我正為另一武俠劇努力奮鬥中，哪有時間兼顧？但不諱言，我也曾為《上海灘》盡了一些微力，《上海灘》熱播成經典，我與有榮焉。

《上海灘》的故事源自一部法國電影《江湖龍虎鬥》（Borsalino），阿倫狄龍、尚保羅貝蒙多兩大天王巨星攜手演出，當年在法國賣座非常。七一年我跟陳翹英同學於珠海書院，兩個頑皮孩子，不用功讀書，常借故跑堂，打乒乓球，鑽入戲院看電影，《江湖龍虎鬥》就是那時候我們兩個人一同看過的。翹英很喜歡這部電影，興奮地對我說：「關琦，終有一天我會把這部電影改拍成香港電影。」（電影未拍成，卻拍了經典電視劇，可謂異數。）翹英那時候醉心新浪潮電影，喜歡幕後製作；我則傾向欣賞男、女明星的演出，尤其迷戀於阿倫狄龍，他是公認的世界第一美男子，他的俊朗，純屬天然；他的冷雋，出自骨髓，迄今仍未看到有任何一位男星可與他相若。

珠海中學後，我跟翹英各奔前程，少有聞問，俟重逢時，已是七九年，我入TVB當故事撰述（StoryMaker），翹英已升至劇審。一日約我喝咖啡，興奮地表示公司準備開拍一部關於舊上海的劇集：「關琦，我想到了你，可不可以將舊上海的一些情況告與我知呢？我是廣東人，對上海一竅不知！」我問他可聽過上海三大亨的故事？翹英擺擺手：「我不大清楚！」我於是介紹了黃金榮，張嘯林、杜月笙三大亨在上海灘打拼的事跡。他連聲稱好，送佛送到西，我介紹他看章君穀先生寫的《杜月笙傳》，並說。「看了它，對你一定大有幫助。」過了一個星期，翹英歡天喜地請我吃茶，連聲道謝，說看畢全書，對拍攝《上海灘》，有了一定的信心。他沒說錯，《上海灘》拍成後，真的成為香港電視史上的經典。

最近有人提到馮程程這個角色脫胎自京劇名伶孟小冬女史，看了不由失笑，這真是天大的穿鑿附會。八〇年翹英全神塑造許文強、丁力之間的衝突，鑑於相鬥過於猛烈，遂加插了清幽脫俗、柔情似水的馮程程，以求緩和緊張的情節。不要說粵人陳翹英不知孟小冬為何許人，就是我這個上海生長的小伙子，對孟女史也是不甚了了，又怎會將孟小冬作為馮程程的原型呢？

提起孟小冬，人稱「冬皇」，這裏不妨補一筆。五十年代中期，她曾來過我家，是申劇名伶鄭福麟伯伯和恆社中人嚴欣淇叔叔偕她來的。其時先生杜月笙已仙逝，姚玉蘭亦早移居台灣，獨剩孟小冬留港。閒時票戲為樂，鄭福麟是申曲名角兒，卻深嗜京劇，不時下馬討教腔口的運用。孟小冬是京劇名宿余叔岩的入室弟子，盡得真傳。可在鄭福麟眼裏面，冬皇早已青出於藍勝於藍。我不大懂京戲，看過一位京劇老前輩范石人先生的點評，名家一出手，便知有沒有——「孟小冬是余叔岩的嫡傳弟子，孟小冬的扮、做、唸都是無可挑剔的。她繼承並發揚了余派唱

● 年輕時候的孟小冬

腔。但也有改良，舉例言之，《搜孤救孤》的精華部分在『法場』這幾段唱，先是上來唱『邁步兒（哦）』，來到法場中，『步』字兒韻，加這個『兒』字的小輒，很簡單，上場來唱『邁步兒（哦）』，『兒』字下面，還墊個『哦』的音唱得氣完神足，滿堂好。」范石人先生這番點評，才是真正的內行，豈是庸人輩等所可比擬！只他認為孟小冬乃北京城中三大美人之一，且捧之為首，那就有渲染的成份了。

上海灘青樓

古有青樓、紅樓，何以區別？有人說青樓為妓女棲住之所，紅樓則為閨秀居停，對了一半。青樓最早實非妓院，清袁枚誌其事云：「齊武帝於興光樓上施青漆，謂之青樓。」又謂「今以妓院為青樓，實是誤矣。」梁代劉邈有詩云：「娼女不勝愁、結束下青樓。」青樓始與娼妓結緣。到唐代，杜牧名句：「十年一覺揚州夢，贏得青樓薄倖名。」一出，青樓自此成為妓院的別號，巨賈縉紳，皮裘公子，徵歌逐色，尋歡作樂，均聚於此。民國名公子袁寒雲，嗜狎邪遊，流連青樓，夜夜笙歌。可數風流，難比李叔同。彼年青時，迷曲愛戲，且能唱，不遜名伶，乃中國現代戲劇的真正開拓者。未篤佛時，愛作夜遊，戀名妓楊翠喜，男才女貌，心曲相通，兩情綢繆，火樣的熱，茶般的濃。李叔同每夜必詣天仙園聽戲，散場後，手提紅燈籠，伴着楊翠喜步行回家。冬夜雪飄，燈影照雪，美人如霜，人間何世，翠喜為李叔同的風采氣度而折倒。回到寓所，紅燭高燃，不作風流事，李叔同清茶一杯，折扇一柄，為翠喜講解戲曲歷史，以明瞭劇之背景，方能深入骨髓。另外還授以身段和唱腔，興起，不惜親身示範一二。楊翠喜默記在心，翌夜就將所學融入表演中，迷盡戲迷。玲瓏佳人，何能不喜？李叔同贈詞——「燕支山上花如雪，燕支山下人如玉，額髮翠雲鋪，眉彎淡欲無，夕陽微雨後，葉底秋痕瘦；生怕小言愁，言愁不耐羞。」愁字用得好，看了愁，聽了更愁！

咱們娼與妓不分，妓者藝也，身處青樓奉行唱曲，彈琵琶，守身如玉；娼者，賣身為生，不重弦樂，一夕風流，霧水夫妻，天亮，各奔西東。舊時青樓，今已蕩然無存，欲知其概，只能求諸典籍。近日娼門，以上海灘時期為主，我的世叔伯昔日樂此不疲於其中，想那梅花歌舞團團長劉達良叔叔也是箇中人物，年輕時（三十年代）浪蕩上海灘堂子，千金散盡而不悔。他認識上海才子陳定山，力薦《春申舊聞》，謂要懂上海，不能不讀此書，中有記滬上花事云——「娼門階級，夙分四等曰書寓、長三、二三、么二，而雉流不與焉。書寓資格至嚴，時京劇未興，唱以彈詞為主，必能彈能唱，且善說白，其藝與說書先生可為頡頏，故曰書寓。妓稱先生，書寓規矩嚴格，有如日本之藝妓，只能侑酒，不許留髡……書寓多薈萃於虹橋。」

劉叔叔說先生技藝不精者，就退入長三——「長三亦稱先生，擅唱者啟十至六七，唯為不善白，其芳標但書『某某寓』，不得僭稱書寓，其品格亦差次於書寓之純粹技藝性質。當時定制侑酒三元，茶圍三元，故曰『長三』。與二之裝乾濕一元，侑酒二元，取名命義相同。二三者，清光緒初年，侑酒三元，夜度三元，……庚子以後，二三名目無形取消。么二、長三僭稱書寓，二三僭稱長三，么二乃有六跌倒之名，謂裝乾濕（水

● 晚清時期的上海灘

果）一元，乾濕一元，住夜兩元，下腳兩元也。」原來舊日上海亦興欺客者。

劉叔叔纏頭不多，多蕩長三。長三有所謂主政，實是成年逾花信飽經風塵之先生，香巢租自二房東，家具向木器店租賃。娼門分「大場化」與「住家」，大場化主人（娼門二房東）包水電伙食，設大廚房，每逢設宴，菜由大廚房負責。狎客設宴，稱為做花頭，以十二元為一份，平日飯菜則非常粗糙至不堪嚥食，紅倌人營養不良，粧後，月貌花容，粧卸，憔悴姬姜。因此大場化，多是車馬冷落，花叢豪客棄之，改趨住家。住家亦係轉賃於二房東，或一樓，或兩房而門戶自立。有紅倌人蕭紅，獨力賃宅，名廚出菜，滿房鶯燕，弦曲不斷。長三以外，尚有專為平民百姓所設冶遊之所，有鹹肉莊者，車伕流氓群集，品流複雜，惟慾海飢民，仍趨之若鶩。輾轉近百年，狹邪之迹，艷冶之傳，俱如黃粱一夢，風流不再，上海灘只留夢中。

舊日上海妓館

上海朋友傳來一張舊日妓館局票，印有迴文詩一首，煞是有趣，詩云：「月浸花茵柳幄，夜永卻須尋樂。綺席卻邀誰，良夜與君同酌。休卻休卻，好踐畫廊歡約。風弄庭花玉漏長，踐卿良會到鸚廊。鬢花燈下看來好，箋草筵間寫處忙。心下事，最難忘，算來難寫是情腸。花前快倚章台柳，蘭麝移情勝酒香。」

文士風流，成詩一首，召妓亦成花間韻事。相比今日歡場，傖夫滿場，粗言穢語，斯文盡失，實不可同日而語。看到局票，聯想浮翩，昔日妓館，何其優雅，直可比擬蘇、杭天堂。上海有妓，始自同、光年間，蓁蕪未闢，荒蕪一片，夷場無妓，惟黃埔江上紅船，可見妓女身影，多為粵人。不久捨舟上岸，先棲十六鋪，後延至洋涇濱東新橋一帶，妓女如雲，因來自蜑戶，俗稱鹹水妹。

上海騰飛，嫖客要求漸高，書寓興起，多在虹橋一帶，銀燈燦爛，笙歌處處，軟榻輕簾，繫人心處。妓多為蘇州人士，燕語鶯鶯，嬌嬌滴滴，檀板善唱，櫻唇微噏，妙音繞室。花事興，後來者眾，雜入揚州煙花，蘇、揚勢若冰炭，你爭我奪，擾攘不已。蘇姝荏弱，不敵，避其鋒，遷至魚行橋、南唐家弄，以示涇渭分明。同光之際，書寓聚於南市，長三興於北里，么二則集於四馬路萃秀里。

早說過上海妓館，書寓最尊，先生（妓女）有如日本藝妓，演歌侑酒，不事

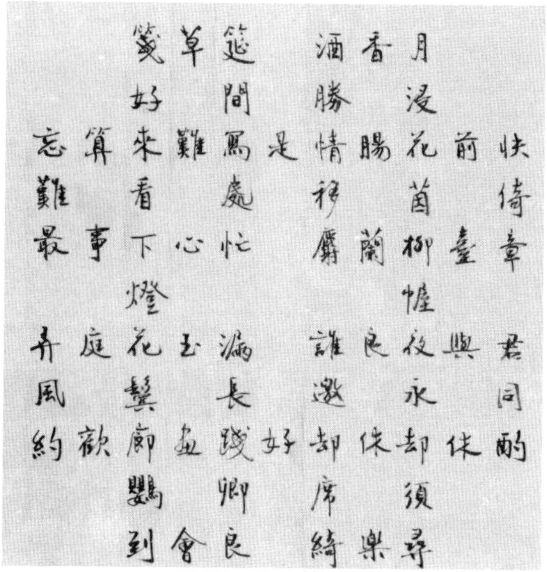

● 上海朋友傳來舊日妓館局票，印有迴文詩一首

侍枕。清末民初，上海十里洋場開花，遂有舞廳之設。劉達良叔叔告小弟，上海舞廳乃糅合了巴黎舞院和書寓而成，書寓傳統，舞院時潮，中間落墨，成就舞廳。一九二二年有一品香，翌年有華爾登，三十年代上海有所謂四大舞廳：百樂門、仙樂斯、大都會、新仙林，鬟影衣香，扇影花氣，卜晝卜夜，拂曉不歸，大上海一片繁華。八十多年，俱逝矣！如今在香港，要找一間近似百樂門，仙樂斯的舞廳，無疑癡人說夢，過去的便成過去，不復再得！

上海灘有兩個壞女人

上海灘曾經有兩個壞女人。

民國跟咱們相距近，多少事，多少物，銘記咱們心中。舊日上海灘名女人眾多，好壞參差。今日先講一位壞女人，壞得比男人更壞，便是提拔杜月笙、上海灘大亨黃金榮的妻子林桂生，人稱桂生阿姐，蘇州人，二十世紀初，漂泊至上海，好事不幹，壞事做盡。率先開了家妓館煙花間，鶯歌燕舞，群雌亂飛，與黃金榮一見傾心，兩人婚後，搬到罪惡淵藪十六鋪棲居。桂生阿姐野心大，以黃金榮牌頭，廣收門徒，各方流氓紛紛來投，不久即成上海灘最大黑幫。名義上大哥是黃金榮，執事者實為桂生阿姐。販毒、走私軍火、販賣人口、綁票、勒索，無所不為，人稱上海灘「第一白相嫂」。杜月笙初入黃公館，只屬閒差，碰巧桂生阿姐大病，需要年輕人照顧，月笙聰慧靈巧，治事敏捷，遂被選中。噓寒問暖，情深義切，桂生阿姐喜，有心提拔。不愧為大姐，深俱心思，帶月笙往賭，叮囑手下讓彼贏二千大元，月笙大喜過望，捧着鈔票揚長而去。桂生阿姐語黃金榮：「假定小癟三拿着兩千元去吃喝玩樂，他日無非是個小白相人，若然拿去存銀行，也不過是個生意上浪人，如果拿着錢去接濟窮朋友，那就將來是阿拉好幫手。」杜月笙果然拿着錢跟舊日兄弟把酒聊天，將錢分贈窮友，自此杜月笙步上青雲路。而黃金榮在兩人掖助底下，聲譽更隆。男人有錢，心便花，戀上名伶露蘭春，作死作活鬧離婚，杜月笙百方勸喻，奈何黃金榮已鐵了心，就是不納。桂生阿姐只好拿了五萬塊贍養費，怏怏離開黃公館。自此，黃金榮霉頭觸足，名聲不如杜月笙，露蘭春復挾帶私逃，不知所終。（註：有云露蘭春在港，棲居加多利山。）黃金榮向杜月笙嘆曰：「唉！我一生起於女人，亦敗於女人。」大陸變色，淪落至大世界門前掃地，杜月笙則坐船赴港。至於桂生阿姐，隱居上海西摩路老房子，潛心修行贖罪，八一年孤獨而終。

相比於桂生阿姐，蛇蠍美人佘愛珍顯然更為邪惡。佘女是誰？如今知者少，不妨說你聽兩件事，你大抵會呀一聲，頓然大悟。佘愛珍，上海美人，粉不施而白，眉不描而黛，望君一眼，靈魂飛走。丈夫吳四寶為極司菲爾路七十六號警衛隊隊長，綽號「殺人不眨眼」，日本人一大爪牙，上海灘混世魔王，死在其手下的志士，不計其數。愛珍不愛讀書，浪蕩江湖，很小時已在賭場上當搖缸女郎，得青幫頭子季雲卿賞識，收為乾女兒。狗仗人勢，到處招搖。雲卿為求籠絡吳四寶，將愛珍委身於他，狗男蛇女，天作之合，七十六號諸多詭異狠毒手段，皆出自愛珍之意而由吳四寶執行。上海灘人人生畏，據聞自一九三九年到四三年，短短四年，七十六號製造的暗殺、綁架事件高達三千餘宗，每年近千宗，上海人無不恨之入骨，稱伊為「母毒蛇」。佘愛珍出名河東獅，吳四寶仍以身犯險，覷中紅舞女馬三媛，偷偷金屋藏嬌。紙不包火，為愛珍所悉，帶着人往砸金屋，嚇得四寶骨骨抖，雙膝下跪痛求饒，發誓今後不敢有異心，事方寢。後四寶遭毒殺，愛珍頓失扶持，惶惶不可終日。抗戰勝利後被捕，判刑七年，入獄四年獲釋。

佘愛珍之廣為人識，跟伊下嫁作家胡蘭成有關。胡蘭成為名作家張愛玲之夫，夫以妻鳴，上海灘上大有名堂。胡蘭成一生倚靠日本人和女人為活，生活糜爛，品行不端，不能說不學無術，卻是泡妞聖手，曠世才女張愛玲入了彀，精似靈蛇佘愛珍，也逃不過彼之五指山。五四年嫁為妻，長居東京，開酒吧維持生計，婦唱夫隨，樂也悠悠，愛玲嘛，早已拋諸腦後。佘愛珍招徠有術，生意不俗，胡蘭成軟飯吃得寫意，閒中跑去台灣文化學院當教授。天道不公，一生冤孽債，卻能善終。八一年七月二十五日，心臟衰竭客死東瀛，得壽七十五。

上海灘第一壞女人：桂生阿姐

上海灘第二壞女人佘愛珍

紅幫師傅手藝甲天下

上海灘有句老話——「聽戲要聽梅蘭芳，看球要看李惠堂，西裝要穿培羅蒙。」父親喜聽鬚生名伶馬連良；球不愛看，跟李惠堂無緣；穿西裝嘛，當然是培羅蒙。南下香港，身為營造公司的副總經理，常要應酬洋人、東洋人，穿挺骨西裝乃份內事，中環的培羅蒙是首選。父親公司在鵝頸橋，乘電車，五、六個站頭，坐的士，十分鐘到埗。跟培羅蒙老闆許達昌相識於上海，到店堂間做西裝，一邊度尺寸，一邊閒話家常，有一句話常說的：「啥辰光到大陸看看新世界！」彼此工作都忙，走不開，交通又遠隔，回大陸是拖延了，結果到死心願未遂。老闆一九九一年去世，越二年，父亦隨之去。嘗對母親笑言：「也許老闆正在天上，跟爸爸做西裝哩！」母親面孔一板：「小鬼，閒話勿亂講，四十幾歲，仍沒有個正經樣兒！」上海話後是京腔。

培羅蒙西裝風行全球，達官貴人、洋場闊少、外國明星、甚至東洋政商，都是老主顧，生意紅火。曾聽父親說要找許老闆量尺寸，其難有如登天蜀道。許老闆六十年代以後，已不作興替客人量身，生意交託徒弟戴祖貽（二〇二二年四月在日本去世，享年一百零二歲）代辦，腦筋活落，運剪如飛，手巧不下於師傅，容或過之。

六十年代在培羅蒙，西裝起碼一千港幣，一般洋行經理月薪不外一千元，換言之，一套西裝一月工資，普通人家哪能做得起！我年輕不懂事，六十年代末，懇求父親帶我到培羅蒙做套西裝，父親猶豫，我不依不饒的死纏，旨在小女友面前炫耀一番。母親知道，罵個半死，見多識廣的表哥教我去大丸買。大丸為銅鑼灣地標，在百德新街街口，地下有男裝部，專售東洋縫製西裝、飛機恤，名牌是Durban，要價五百左右，不算便宜，買不起。只好光顧深水埗的廣東師傅，西裝一套五十至九十元，穿上身蠻好看。縫有一襲豬肝色的西裝，配粉紅襯衫，結白底紅點領帶，同色袋巾，腳踏棗紅色皮鞋，油頭粉面，馬浪蕩，庶幾近矣，卻引來不少孽緣，沾沾自喜，到頭不外一場春夢。

父親後來不再去培羅蒙了，改請其他紅幫師傅，我家樓下有一家黑白時裝公司，老闆姓陳，縫製旗袍，技法超卓，是母親的御用裁縫。他的外甥小楊，擅做西裝，手藝精妙得體，就交由他代勞。上海紅幫裁縫多寧波奉化人士，祖師爺爺名叫張尚義，講究量、算、裁、縫等技術，這些技術經過多年概括，形成「四個功」、「九個勢」和「十六字標準」，徒弟要通過這些程序，方能滿師出門。學師艱苦，依然人才輩出，江良通、王才運、余元芳，各有盛名，小楊在上海，學藝余門，盡得真傳。南下香港、投奔舅父，人英俊瀟灑，口才便給，客人皆喜與彼打交道，手下女性顧客尤多，收入豐厚，惜乎嗜賭如命，跑馬、麻將、撲克……他拼命賭，拼命輸，誰也勸不來，結果欠下巨債未能還，走投無路，從北角皇冠大廈飛躍而下，奔赴黃泉，死時年僅三十餘。陳老闆悲慟莫名，一日跑來我家，對住母親，痛哭流涕。五十多年了，此景仍歷歷在目，因而我從不嗜賭，如今跑馬，也不外是幾百塊錢上落。

香港西裝，紅幫獨領風騷，粵派師傅，瞠乎其後。式樣嘛，分有單襟、孖襟、單叉、雙叉或無叉，端看顧客心意。西裝分春、夏二季，夏日炎炎，衣料以選取涼快、輕身為宜。最廉價的有白麻帆、白斜，層次較高有海防麻，屬粗麻，愈洗愈爽。還有山東綢和山東絹，蠶絲製品，穿上身，涼快。不少人看不起本地貨，崇洋心重，選用洋料子沙士堅，聽說由鯊魚皮製成（待考）。端是好料子，卻是熱焗苦人，稍一走動，通體濕濡。冬日西裝，非絨莫屬，分西衣絨、麻包絨、斜紋絨、格仔絨、法蘭絨，而以後者最為名貴時尚。

說起西裝，想起一個笑話。父親的老朋友賀理士．嘉道理，貴為半島酒店大老闆，穿著一向不大講究，大闗刀西裝，衣襟皺巴巴，破絮不堪。父親看不過眼，要帶他去培羅蒙做西裝，搖頭拒絕，無已，只好帶許老闆往詣。許老闆打開衣料樣板簿子，首先推介 Scabal 英國頂級衣料，嘉道理問價，大皺眉頭。許老闆何等精靈，立揭別頁較次之料，搖頭如故，於是，三級、四級、到五級，仍然沉吟不語。許老闆納悶了，不知所措。嘉道理這時望向父親，遞個眼神。父親識趣，用寧波話向許老闆道：「賀理士是猶太人，你曉得的！」許老闆恍然大悟。「猶太」在上海話裏，就是「孤寒」（吝嗇）的意思。許老闆即時換上高級料子中，最低等的品牌，嘉道理笑逐顏開，問做多少套？舉起右手食指，說：「Only one suit! Thank you!」父親啞然失笑，他要嘛不做，一做，來回兩、三套，打開衣櫃，西裝逾五十套。五十多年了，往事如雲煙，提筆記故人，人亦渺！

醉筆畫夢

醉街文士方龍驤

——香港海派作家系列之一

未入正文，先釋海派作家，概指活躍於上海的作家（未必是上海人），廣義上的海派指所有活躍在上海的作家派別，包括左翼文學、新感覺派、鴛鴦蝴蝶派。狹義的話，就只指新感覺派，代表人物有張資平、葉靈鳳、穆時英、曾虛白等。後來又有了未能分派的上海作家張愛玲、蘇青、潘柳黛、林徽因。惟香港海派作家跟上述所列的海派並無直接關係，其意僅指在香港賣文為生的上海籍文人而已。

七十年代初，春陽暖和，香港北角新都城酒樓開幕前夕，辦了一場香港作家歡聚會，美其名曰增進友誼，實是藉作家之名以收宣傳之效。那年，我方廿二，跟隨報壇前輩《晶報》督印人鍾萍參與盛會。

與席者盡是文林名士：金庸、倪匡、三蘇、何行、鳳三、方龍驤、過來人……不克盡錄。我這個小毛頭，廁身其中，劉姥姥入大觀園，茫然無所措，默默端坐，不敢奢言。適巧廣東才人呂大呂坐在身邊，問我都城酒樓開幕啟事是否出自我手筆？稱然，他笑起來，道：「小朋友，你弄錯了，午時是十一時到一時，你只寫午時，人家就不知道開幕的正確時間。應寫十二點，這樣就清楚了！」亂拋書包，碰個軟釘子，立時面紅耳赤，不勝惶慚。大呂叔當年在《成報》寫繡像聊齋，綠雲配圖，詭異奇趣，心裁別出，廣受歡迎。承蒙指教，終身受用。言談間，走過來一位中年男文士，西裝筆挺，腰纏白枱布，手

方龍驤六十年代出版的《菲菲》

上捧着高腳酒杯，笑容可掬，向着枱上嘉賓，輪番敬酒。大呂叔呵呵笑起來：「最佳作家來了！」最佳作家？不是金庸、倪匡嗎？怎麼會是這個面前的陌生人？大呂叔拍拍我肩膀：「小朋友，不是最佳作家，而是醉街作家！」手蘸酒液，在枱面上寫了「醉街」二字。面前男士，面白無鬚，劍眉星目，張生貌，潘安臉，除了身形不高，打哪裏看，都是一個美男子。經大呂叔介紹，方知就是大名鼎鼎的方龍驤。他的小說看過不少，刊在《南華晚報》用盧森堡筆名寫的貓頭鷹鄧雷，更是我每夜必追之作。只見方龍驤不住大口地喝酒，很快一瓶呷光，轉頭呼叫僕歐拿酒來，要跟大呂叔拼命，怕了他，只好一呷而盡。不依不饒，苦苦追纏，大呂叔不滅廣東人面子，捨命陪君子。你一杯，我一杯，俟杯中酒清，方哈哈一笑，拿起枱上半瓶白蘭地，拖着蹣跚腳步，轉到別枱去鬧。

為何稱醉街作家？大呂叔有解釋：原來方龍驤好飲而量不高，往往醉至不能回家，躺在馬路，要勞家人扶之歸，因而得名，名聲傳報壇，聽了莞爾。席散，方龍驤一把拉住我，給了電話和地址：「小開，大家上海人嘛，多多聯絡我小方兄！」叮囑我一定要給他電話。其時我剛出道，在《明燈》日報投稿，寫各類小說，有緣結識大作家，就膽大妄為地寫了一個短篇，寄去堡壘街方宅請指教。寄出後，石沉大海，忍不住致電詢問，回道：「平平無奇，儂要多看多寫！」換言之，不合用，給投籃了矣。

時光流逝似箭，七六年秋，我甫自日本歸，在《明報月刊》寫文章。一日，北角道上偶遇，一把拉住，約明天喝咖啡，方龍驤連聲說好：「明早下半日兩點鐘，儂撥我一個電話，好勿？」屆時電話撥過去，卻推：「小葉，我今早，勿能出來。」有啥事體、稿事繁忙暈了頭？「勿是勿是，早上頭已寫好哉！」那為什麼不能喝咖啡？你道他如何回答，慢吞吞道：「今早時辰勿對，我出來必會觸霉頭，改日喝！」真給他氣個半死。《明報》編輯蔡炎培告我方龍驤近日正在鑽研陰陽術數，日夕沉迷，出門、吃飯、睡覺都要算準時辰。啞然失笑，小方兄，太癡迷了吧！

方龍驤，本名方棠華，浙江鎮海人，太祖方舜年乃巨賈，曾夥虞洽卿等名流開設四明銀行，家財豐碩，因而沾有世家子習氣，派頭一落。在上海時，已愛舞文弄墨，也曾當過一段時期記者，練就一手好文筆。解放後，隻身隨羅斌南下香港，苦無出路，就幫羅斌復刊《藍皮書》。羅斌的回憶錄《一筆橫跨五十年》有這樣的描述——「羅斌當時租住板間房，板間房內只能放一張床，這張大床除了晚間成為他一家用以睡覺的地方之外，日間便作為羅斌出版社的辦公桌，一切編輯、排版、校對和釘裝的工作都在這辦公桌上進行。」由是可知《藍皮書》主要編輯工作，皆由羅斌自家肩膊上扛，方龍驤僅負責寫稿而已。《藍皮書》是獵奇、偵探雜誌，裏面不少文章出自方龍驤，手腳麻利，頭腦靈活，將西方偵探小說先搬了過來，繼而改頭換面，使之中國化，橋段曲折，入情入理，描寫刻畫，微入毫髮，大受讀者歡迎。《藍皮書》一擊成功，羅斌籌劃創辦《新報》，方龍驤為主要寫手，彼成名早於倪匡，遠在《真報》時，已是編輯，而倪匡不外是個小雜役。在《新報》期間，不獨寫了大量驚險小說，還發掘了一代愛情小說之神依達。名作家白雲天曾這樣描述方龍驤——「提起方龍驤，文化界和娛樂圈無人不知，他不但是個作家，也是陽光的傳奇人物之一。筆者認識這位方大導十多年，他十年前是矮胖胖的，十年後仍然是老樣子，一點也沒有改變，唇紅齒白，肌膚幼嫩，四、五十歲的人，眼尾紋也沒有一條。方龍驤年輕時代是文化界奇才，喜歡提拔新人，許多成了名的大作家都經他一手提拔，好像依達、馮嘉、亦舒、陸離等等。他發掘依達的過程，最富傳奇。據說依達最初投稿給《西點》和《藍皮書》，被執行編輯投籃，不料方先生拾起來一看，驚為天人，立即約晤，勉勵有加，約他為特約作者。」馮大衛（馮嘉）初入行時，方龍驤為《南華晚報》副刊主編，每天連載《貓頭鷹傳奇》，後因事務纏身，就把地盤讓與有寫作天份的馮嘉，於是便有了奇俠司馬洛。香港海派作家，素有四大天王，便是過來人、何行、鳳三和方龍驤，四人交情極深，過從甚密，經常在一起喝酒聊天。白雲天說香港海派四大天王各擅勝場，何行《鍍金生活》、過來人《朝花夕拾》、龍驤《貓頭鷹傳奇》、鳳三《滬上舊聞》，各擅勝場，擁有龐大讀者。四人中，方龍驤著作最多元，科幻、文藝、武俠、偵探，無一不精，無一不佳，尤以連載於《南華晚報》副刊長篇小說《背光的人》至為佳作。作者以本身歡場體驗，筆為文章，喜怒哀樂、恩怨情仇，錯綜複雜，精彩迭出，我每夕必追，可惜不曾有單行本。此前電方龍驤兒子嘉偉，詢及《背光的人》，找遍書房角落，並無所得，一代名作，石沉大海，良可嘆也。

七十年代方龍驤除了寫作，還拍電影，先是王天林找他為《異鄉客》編劇，得以體驗拍攝之樂，上了癮，千方百計，要拍電影。皇天不負有心人，得富商贊助，拍了《石破天驚》，噱頭十足，起用炙手可熱的混血性感女郎孟莉為主角，輔以玉女歐陽珮珊，嬌娃孫嵐。三位女角各展風情，爭相競艷，觀眾踴躍入場，票房不俗，雄心大起，正想乘勝追擊。詎料老闆生意失敗，新作無法開鏡，方龍驤大為懊惱，漸次消極。白天寫稿，晚上遊樂，常跟其餘三位海派作家聚飲於灣畔翠谷夜總會。海派作家名頭響，明星、歌星樂於奉迎，枱上酒不空，盤中菜滿盈，喝酒之餘，倚紅偎翠，調笑不斷，一言半語，大可以之為題材塗鴉交差，何樂不為？那年頭，海派作家皆是各報副刊主編，你寄我一文，我送你一稿，再加上其他報章，一天寫字上萬，收入豐厚，吃喝玩樂又有人照應，盈餘不少，可惜不懂積蓄，多無隔日糧。七十年代末，方龍驤開始迷古董，不思寫作。看中一件古董，不管價格，出錢收購，花費不少。眼光靈，能撿漏，投資古董，當可賺大錢。惜乎咱們小方兄，半途出家，學藝不精，加以剛愎自用，不訥人言，導致損失不菲。

九十年代中期，我應羅斌社長之邀，出任《武俠世界》主編，辦公室在上環新報環球大廈二樓一角房間。某天，正當低頭審稿之際，房門啪地張開，閃進一位漢子，劈頭第一句便是：「沈老總呀！你好嗎？小方兄看你來了！」抬頭一看，赫然是方龍驤，黑西裝、白襯衣，沒結領帶，手上拎着一個大布袋，黑框近視眼鏡背後，雙目炯炯有神，連忙站起迎迓，還未握手，他又聲聲恭喜：「小葉，老總當得過癮嗎？」回道：「還可！」問他何以來訪。答說：「剛上樓找羅老闆。」方知本意是想把一批古董寄放出版社。羅斌一聽，連忙耍手推拒：「我不懂古董，萬一有什麼差池，賠不起唷！」後來，方龍驤沒少為這事埋怨羅斌：「羅斌太沒文化，市儈，庸俗。」嗓門拉開，罵個不停。

自此之後，往來頻仍，小酒家裏，喝威士忌，嚐蒸魚，古今中外，天南地北，無所不談。這時的方龍驤早已拋棄了寫作，一門心思埋首古董堆裏。每趟見面，談不到兩句話，便繞到古董上去，滔滔不絕，洋洋灑灑發表心得。我於古董是隔教，不敢插嘴，就不止一次挨罵：「小葉呀，你……你太沒文化了！」（嘿，居然將我跟羅斌等量齊觀！）方龍驤在北角渣華道上租了一個小室存放藏品，有一天，帶我去了他的辦公室「古陶瓷研究室」，真真正正地向我展示了各式珍藏：乾隆琺瑯彩描金萬花六方瓶、光緒青花鬥彩瓶、元青花、宋代官窯、八方弦文瓶、哥窯蓮瓣玉璧碗……林林總總，價值連城。我見珍物隨意放在枱上，有點不放心，他說：「下班我會鎖在夾萬裏，沒事！」我那時窮，沒餘錢買，身邊有幾塊朋友送的古玉，與龍驤看，一臉不屑，隨手拿起一件宋朝筆洗送了我：「在台灣光華街買來的，現在升值了，要二十萬左右。」名貴如斯，豈敢拜收，可硬要我收下，恭敬不如從命。過了一個月，我讓一個研究古董的朋友看，問價？他豎起兩根指頭。（哇塞，真的是二十萬哪！）心中狂喜。豈料朋友冷冷地說：「只值二十塊，砸了也不心痛！」我不服氣，又去請教專家，所得結果一樣。他們也聽過方龍驤的大名，搖頭道：「這位老大哥着了魔，出手闊綽，大手搜購，可惜目力不對，買進許多假貨。不聽人言，以為寫了一篇〈拙雅之美話宋瓷〉，就可以證明自己藏品的價值，天下哪有這樣便宜的事！」聽了，吃一驚，不敢再追問方龍驤，寧波人，硬脾氣，雪壓青松，青松逕直，不聽勸。

我有一個做古董生意的老朋友老徐，悄悄跟我說：「方先生的藏品很有問題。」啥問題？老徐瞇着眼睛，扮個鬼臉訴端詳，原來方龍驤曾託他把一個宋代官窯送往蘇富比拍賣，所得答覆是：「閣下藏品無法鑑定。」這可說得夠客氣了，給客人留點薄面。也有不少朋友跟我跑上研究室鑑賞，所得結論跟老徐如出一轍。礙於老前輩的面子，都不便拆穿。有一趟，無意中介紹了一位日本記者朋友濱本良一與方龍驤相識，當他知道濱本的丈人是大阪古董商，硬要濱本作曹邱，隔了一個星期，立即飛往大阪跟人家見面。說的當然是古董事兒，結果怏怏而回。正是那次的勞累，得了個心臟病。前文提過方龍驤迷術數，有了心臟病後，蓄上鬍子，問原因？他反問：「你說呢？」當然是借鬚擋煞。〇七年初，方龍驤跟他八拜之交術數教主唐翥，約我在銅鑼灣鳳城酒家晚飯，席設閣樓一角，方便深談。酒過三巡，唐翥提議拍照片，由他夫人拿着照相機「咔察咔察」拍了三四幅照片。唐翥乃唐紹儀後人，素不喜拍照，我心有點懸。飯後，唐翥夫婦先走，我陪方龍驤去坐地鐵，至天后站下車，揮手而別。那是我最後一次見到他，過不了多時，接到他哲嗣嘉偉電話，說：「爸爸今早去世了！」享年七十九。越數載，唐翥亦仙去。統計方龍驤的一生，大可分為四個時期：（一）編輯、筆耕；（二）

電影攝製；（三）鑽研術數；（四）蒐集古董。成就最大莫如筆耕，小說類型眾多，奇情、偵探、武俠、情色，無所不包，尤其是以丁辛筆名刊登在《天天日報》的飲食男女，其為高妙超詣，固不容夸說。繼而電影，雖不多，《石破天驚》贏盡口碑，《明日之歌》賺人熱淚。而術數則平平無奇。最最差勁的，莫如古董生意，傾盡家財，一無所得；夫妻反目，分隔兩處，孤獨半生，鬱鬱而卒，何其不幸。今夜，自在飛花輕似夢，無邊絲雨細如愁，我獨念小方兄！

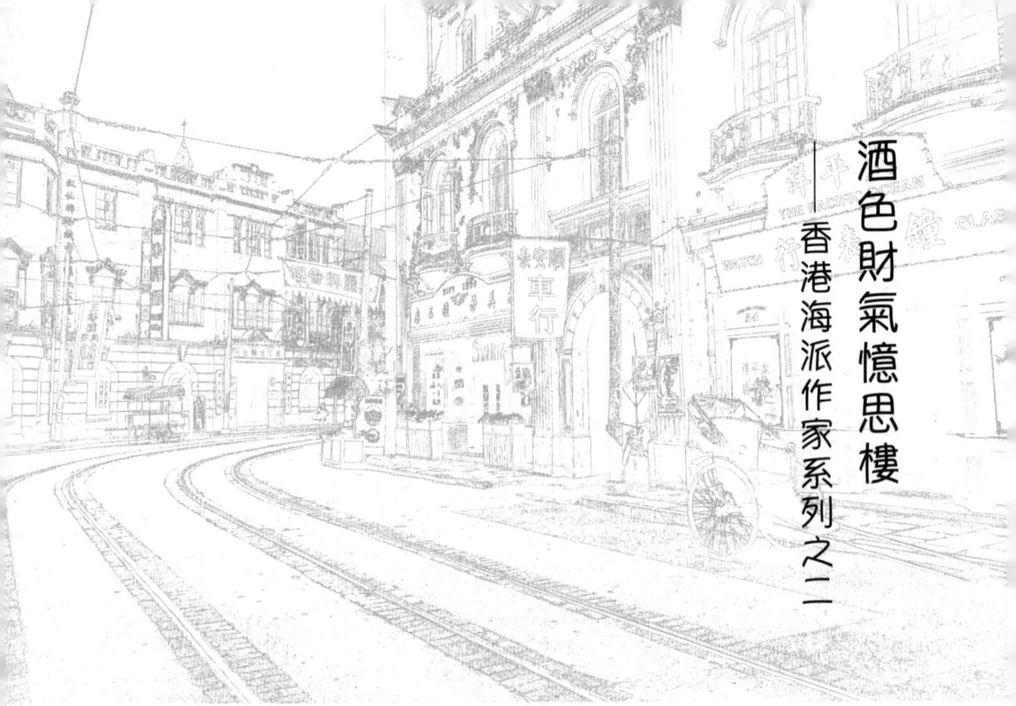

酒色財氣憶思樓

——香港海派作家系列之二

江水東流人已渺，風雨聲中留「蕭」音，兩句歪詩，將時光倒流到七十年代中期。那時，我常到馬場去。在人頭湧湧的馬場會員席上，有一個中年漢子，胖胖的，手上挽着一柄陽傘，面孔漲得通紅，獨個兒一跌一撞地走東闖西。這個人好奇怪哦！引起了我的注目，心想：天氣這麼好，幹嘛要拿着陽傘呢？某趟，跟一個報館朋友去馬場，朋友一見那個漢子，忙不迭地走過去打招呼，寒暄。我問朋友：「那個人是誰？」

朋友白我一眼，說：「虧你還是爬格子的，大名鼎鼎的過來人也不認得嗎？」

「什麼？他便是過來人？」我登時精神百倍。

「對，他便是過來人。」朋友笑了笑。

「快，快替我介紹。」我慌忙催促。轉身一瞧，人叢中，已不見蹤影，不知篤篤篤的溜了去哪兒。

我問朋友：「過來人是不是還有一個筆名叫做『蕭郎』的？」

朋友有點詫異：「兄弟，你厲害，怎會知道？」

我回道：「我是《南華晚報》『聲色犬馬』的忠實讀者。」過來人在《南華晚報》寫「聲色犬馬談」時，用的正是「蕭郎」這個筆名。「陌路蕭郎，蕭郎陌路」，這筆名真有點意思。想不到在馬場遇到過來人，竟然也上演了一齣「蕭郎陌路」，未能識荊，真教我快快不快。後來，工作關係，難得去馬場，一直未再遇過來人。

大概是一九七九年，《香港週刊》創刊，老闆董夢妮請我吃飯，商談稿事。席間，我提起過來人。

董夢妮笑吟吟說：「過叔叔嗎？他是我老長輩，下回我請吃飯，替你介紹。」

阿夢言出必行，過了幾天，打電話給我，邀請我到灣畔史釗活道同興樓吃飯，並謂過來人會出席。

那天是星期六，碰巧賽馬，過來人大概是剛從馬場趕出來，氣喘喘，臉通紅。阿夢忙替我介紹，他一聽，哈哈大笑：「西城小老弟，儂儨大名我常常看到呢，想勿到儨年輕，年輕真好！」伸伸舌頭，一派響往。

我叫了聲「過叔叔」，伸手跟他相握後，立刻替我倒了一杯酒：「新朋友，老相識，來來來，阿啦乾一杯！」酒倒在他嘴裏，就像毫無酒精的濃茶，跟住又倒滿一杯：「再來一杯，再來一杯，再來一杯，你也不會醉……」唱起時代曲來。我不禁皺眉。我的酒量一向淺，跟過來人那般不知死活地磨下去，不醉倒沙場才怪哩！

過來人喝了酒，話特多，嘰哩呱啦，說個沒完。一會兒哭馬喪，一會兒嘆寫稿苦。那時，他大約每日要寫萬餘字，長時期伏案，弄得他情緒大壞，是以時而哭，時而笑，教人摸不着頭腦。

「過來人」這個筆名，聽來有點通俗，其實，他有一個極富於詩意的真名字——蕭思樓，光看名字，你腦海裏定會浮現出一個文質彬彬、風流倜儻美男子的形象。可天公弄人，過來人身矮臃腫，左看右看，哪有半點作家的範兒？他曾自嘲說：「我是武大郎，老婆潘金蓮常常欺侮我老頭子！」閤座大笑。酒到濃時，心事抖得多，聲音也更響，哇啦啦，轟隆隆，震屋裂瓦，不及時掩耳，鼓膜受損。酒以外，過來人對賭，也很有心得，他喜歡打沙蟹。金庸也愛沙蟹，我問他金庸是否沙蟹高手？抬抬眉，答道：「可以說是高手，比起阿拉，稍稍推扳一點，不過，打到阿末，我弄伊勿過。」我暗忖：既然金庸比你略差一籌，緣何又會賭不過他？奇而問之，過來人搖搖頭：「小老弟，儂勿懂沙蟹之道，金庸有的是鈔票嘛，雞蛋哪能得跟石頭硬碰，伊一叫 Show hand，我拿啥物事得伊 Show！」不過，跟一般朋友打沙蟹，過來人是百分之百穩操勝券。

過來人對沙蟹的門道，可以從他下面一番說話略窺一二——「打沙蟹嘛，頂要緊是心平氣和，要做到勿動聲色，泰山崩於前而色不變。自家牌大，絕勿可以亂加注，加一點，慢慢叫，引人入彀。」

我一伸舌頭：「喔唷唷！那豈不是很奸詐嗎？」

過來人不以為然地說：「賭錢勿奸，哪賭來做啥？開賭儇奸勿奸？」因為夠奸，打沙蟹，如同出糧，好過寫稿多多。

過來人打沙蟹夠精夠奸，賭馬卻不大靈光，結局總是「輸多贏少」。聽他提到馬，便問為什麼每趟在馬場見到他，總是手提陽傘，面孔通紅。過來人笑了幾聲：「我住在山村道，離馬場很近。中午吃飯，必定喝一點酒，然後躺一會，到一點鐘左右，便到馬場去。人老了，拿着陽傘當士的克，一篤一篤，撐到馬場去，特別寫意。」怪不得，每趟在馬場見到過來人，都看見他手上挽着陽傘。原來是把陽傘當作拐杖，充充上海灘紳士，過過癮頭。

過來人對馬的愛好，實不下於打沙蟹。在他的專欄中，常提賭馬的事兒，熾熱程度駭人，可以不吃飯，甚至把西裝、手錶拿去典當，都要跑進馬場廝殺一番。他不是不知道賭馬不會發達，可心癮來了，如來佛祖也拉他不住。唉！有啥法子，癮了幾十年，難戒掉唄！

過來人並沒有受過什麼高深教育，他自己說，早年在上海當學徒，頂喜歡看戲，泡舞廳，順手將自己的生活見聞寫下來，投到報館去，想不到這竟成了他異日謀生的工具。過來人、馮鳳三、何行、方龍驤在香港報界裏，一直被奉為海派名作家。四個人當中，論文筆，過來人最佳妙，文字流暢，韻味厚醇，自成一格，尤其寫人情世態，別有細膩深刻之處，他的專欄長期擁有不少讀者。晚年，過來人筆鋒一轉，偏重食經，跟一般寫食經的不同，好吃擅烹，獨個兒能燒上一桌美味酒席，吃過的人，莫不擊節讚賞。

賣文賣了幾十多年，對文字生涯可有厭倦？聽聽他自己說吧！「吃勿飽餓勿煞，有啥辦法？我一無所長，除勒爬格子，還能夠做啥？做生意？我賈個馬浪蕩，勿懂得理財，恐怕銅鈿唔嘸賺進，家當已賠人家，唉！我勿是價　料足，還是爬落去好！」

在香港寫稿，找地盤着實不易，過來人卻是報館爭取的作家。有一個時期，每天要爬寫十幾個專欄，加上飯局應酬，忙得他團團轉，幾乎連睡覺的時間也沒有。當然，十幾個專欄難不倒他，就算二十個，又算啥？絕不放在心上，教過來人最傷腦筋的，是送稿。十幾個專欄分隸十家報館，這些報館有的在九龍、有的在香港、東區，北角、灣仔、上環，一家家去送，你說要命勿！後來，稿費加了，過來人特別請了個男孩，替他送稿。工錢不高，男孩很快便撒手不幹，過來人只好重作馮婦，自己坐的士，一家一家地去送。寫一段稿能賺多少？付掉的士費，簡直是得不償失。幸好，女兒長大了，自動請纓，替老父奔走，這才解決頂頂頭痛的問題。過來人寫稿的時間頗有規律，早上起來，進早餐後，便去散散步，然後伏案，寫到中午吃飯，飯後小睡片刻再寫，到四點多，便拿着稿去送。挨下來，就是消遣時間，約朋友吃飯聊天，暢論今古，徵歌逐色，自然離不開酒。中西美酒，威士忌、白蘭地、氈酒、五糧液、高粱等，無所不歡，歡而後醉。

別看過來人那時已經五十有多，跳起舞來，勁道不輸青年人。我跟他一起去跳過舞，過老闆毫不客氣地搶走我的女朋友，一二三，的士高跳個不停，直把我女朋友的腳跳腫，哎唷唷的叫，過老闆仍不言倦哪！阿夢忍不住笑他跳舞像螃蟹在爬，過來人反唇相稽：「小阿弟，儂跳得像一根竹竿在河浪上下淘！」性格樂觀爽朗，健康不壞。人家到五十歲，肥膩食物已不敢輕易沾唇，他卻是大魚大肉，百無禁忌，照吃如儀，有人提點他小心血管硬化。他毫不理會，挺胸，理直氣壯地說：「有人搭儂講，吃飯會生Cancer，那儂還吃不吃飯？」歪理變真理，過老闆拿手好戲。

過來人的私生活，多姿多采，幾乎每個晚上，都有應酬。為什麼有這麼多人喜歡請他吃飯？內裏原因，聽我細細道來。

香港所有酒家、酒樓的老闆，差不多都是過來人的老朋友。過老闆來吃飯，不僅招呼好，取價公道，而且斤兩十足，不會偷雞摸狗。要知道，過來人是點菜能手，有他在場，什麼都安排得妥妥當當。六個人吃飯，他會問清楚各人口味，然後「對症下藥」，叫來適合各人口味的小菜，吃得開心，賓主盡歡。這樣貼心的專家，哪裏找？過來人不僅熟悉滬菜、京菜、川菜，南來數十載，粵菜也是門檻精到九十六。可惜他寫食經，東湊西拼，天馬行空、了無系統。倘能好好搜集資料，排比分類，編集修飾，大有可能成為香港食經的典範，遠勝那些撈什子，狗屁不通的所謂食經。

寫作三十年，過來人有什麼滿意的作品？

說起這問題，過來人自己頗有遺憾，說：「小阿弟呀！老阿哥實在想勿出有嗄裏篇是我滿意價，要吃飯嘸，瞎七搭八，全是垃圾貨色！」客氣，客氣，太客氣了！猶中有薰啊！

如果我不是老昏頭，記憶沒錯，過來人的作品好像從來沒有出過單行本，這豈不是天下怪事嗎？過來人的作品，嚴格而言，可以分為兩種：

（一）隨筆：多數寫身邊瑣事，旁及食經，人情世態。如《明報晚報》的「朝花夕色」、《南華晚報》的「酒色財氣」專欄便是。

（二）小說：多數寫洋場百態，如以阿筱筆名寫的「托臀私記」等等。

這兩類作品，以第一種擁有較多讀者。至於用「阿筱」筆名寫的小說，讀者數目大有不如。老實說，過來人真的不適合寫小說，且說歡場小說吧，哪寫得過何行！於是多年來，只聚精隨筆，成績不俗。詞家鳳三曾言：「思樓兄的小品，有許多是具有深厚的人情味和生活的實感氣息，寫情、寫景都有一手。」這類作品，自有其一定的價值，如今都湮沒了！老木蒼波無限悲，奈何！

意猶未盡，橫插一段。倪匡跟過來人是好朋友，一老一小，阿青阿黃，有個時期同住一座大廈，上海男人對門居，朝夕相見成莫逆，無話不講、無言不談。有趟酒後醉語：「小葉，蕭老闆人老好人，搭人家養女兒。」咋說的？原來過來人身邊的女人帶了兩個女兒來跟他。別的男人皺鼻頭，過來人卻能人之不能，甘之如飴，三日兩頭在朋友面前誇自己的女兒說：「我兩個寶貝女又漂亮又孝順，人見人愛！」氣度之宏，豈常人哉！說來沒人相信，過來人筆耕多年，居然沒什麼積蓄，別說房子，連汽車都沒一輛。晚年病革，醫院撒手，轉嫁療養院枯候死神至。好友吳思遠、雪茄李，相伴往探，偌大的胖子，形鎖骨立，瘦得不成人形。吳思遠眼淺，眼淚泉湧：這真的是蕭老闆嗎？病魔嚙人，硬生生把好人折磨致死！斷壁分山，空簾剩月，故人天外！蕭老闆，小阿弟知你最終含男人所痛而歿，垂淚至天明！

何行揭光怪陸離現象

——香港海派作家系列之三

求學時期，愛看小說，看得最多的是社會言情作家楊天成的小說，其刻畫富家少爺生活荒唐、糜爛，厚達三十冊的《二世祖手記》名聞報界。可說到他寫得最好的作品，我獨推《五月的紅唇》、《冷戰夫妻》這一類的都市寫實小說，敘庶民生活的甜酸苦辣，寫男女愛情的變幻迷離，誘人至深。只是楊君的《二世祖手記》名堂太大，反過來掩蓋掉他那出類拔萃的寫實珍品。環球出版社社長羅斌生前言我：「胖子老楊的《二世祖手記》當然誇啦啦，人人拍掌，在我眼裏，還是他那些寫小市民奔波勞碌生活的寫實小說最最嶄，嶄得勿不得了！」手捧這棵搖錢樹，羅斌樂得笑呵呵。他口中的胖子老楊，一生到底寫了多少部小說？沒有電腦的時代，難有準確統計。聽人家講，他寫作速度奇快，兩三天便可以寫一本，由此揣測，他的作品數量一定不會少，可遺憾者是楊天成英年早逝，剛到知命之年便走了。

羅斌痛失良將，錢途黯然，腦筋傷透，往來踱步於辦公室、久久仍無良策，一向鎮定逾恆的羅斌，也不由得發急。正當此際，天上落下餡餅，救星出現了，作品也是走都市寫實路線，只是格調略有不同。原來楊天成的寫實小說，除了寫實，還帶上幽默諷刺氣味，是喜劇，代表作就是《難兄難弟》（拍成黑白電影，由謝賢，胡楓主演）。這位後起之秀，只是抱着為寫實而寫實的態度，無一處幽默，諷刺更付闕如。文筆嘛，哪有什麼婉麗勁健，莊妍流美，直是一條根通到雙腳底，精細不足，同時行文還蘊含着濃厚的上海腔，廣東讀者看不太懂。不消說，「餡餅」必然是上海人。對了！這位作家不是別人，正是老上海何行。

何行原名陳耀庭，四十年代末期，打上海來港，曾在大上海最有名的百樂門舞廳當個領班，在燈紅酒綠的歡場中生活過，對社會上一切古靈精怪的事情懂得特別多，因而寫起洋場百態，人海怪事，不但駕輕就熟，得心應手，更且傳神阿堵，入木三分，迅即有大量追隨者。何行自家說過弄筆頭，純是為了討生活，不過開頭搖筆桿，並非在香港，而是在上海。許多年前，看到何行一篇文章，寫他跟吳嘉棠的交往(報界聞人，曾赴美國密蘇里大學新聞系學習，得文學學士學位)，原來在上海時，已經做過記者，到了香港投身新聞界，只能說是再作馮婦。不懂何行的人，以為他不過是一個舞女大班，沒有文化，其實他跟報界早有淵源，過來人說過：「耀庭比我入行早，我要叫他老阿哥。」看人勿可單看表面伐！跟何行說話，是一種享受，一種靈魂飛上天的享受，享受之餘，也會學到不少人生哲理。他就像一隻百寶箱，裏面裝滿稀奇古怪的物事，隨手拈來，都是妙諦，他會滔滔不絕地告訴你老千如何出老千。「要看伊嘎手，老千隻

● 何行的幾本小說

手，通常都是節骨軟軟，玩牌、偷牌方便唄！」也會向你訴說歡場兒女的種種髒事：小姐裝腔騙伊戶頭大肚皮；高踭皮鞋塞假鈔票；串通小白臉敲竹槓……蕩舞廳要懂法道，要不是，必做冤大頭。沒去過？勿要緊，就算聽，也會聽出七分味道，筆之於書、更是味道十足。何行替環球出版社寫了一系列《香港鍍金生活》的小書，包括有《花花世界》、《光怪陸離》、《夢中天使》、《神女手記》、《聲色犬馬》等等，生動地描了香港社會上種種光怪陸離的景象，書暢銷，老闆樂，一本本地出下去，有直追楊天成的氣勢。囿於傳統純文學思想，何行的小說相當流行，價值卻一直不為人重視。許多年後，何行去世了，我在香港接待了一個日本友人，閒談中，說到香港作家。日本朋友是京都大學現代中國文學研究生，中文程度比一般中國人還要好，他對我說：「不久前，我在神保町舊書店，撈到一本書，專事描寫香港洋場，作者構思的情節很好，只嫌寫得粗疏了一些，稍加修飾一下，許會成為很好的大眾小說。」大眾小說者，便就是流行小說。日本朋友口裏所說的小說，就是何行的作品，可見何行的小說寫得並不壞，至少對了日本人的胃口。

何行胖嘟嘟，一六八米高，嘴唇留仁丹鬍子，頭髮梳得油亮光滑，外型嘛，在海派作家當中，可稱得上是表表者，穿上挺括洋裝，沒人不說是典型上海大亨，哪有什麼作家範兒？我跟何行交往並不多，可有一樁事體，永難忘掉。五十年前，我還是文藝青年，跟何行有個一趟聚會，那時候我對寫作十分傾心，常思做作家。我父親的朋友鄭福麟，是申曲名小生，知道了我的意願，代父親特意來勸我，千萬別學人搖筆桿。為了打消我欲當作家的念頭，請了何行，盧大方作說客，跟我見面。那天晚上，大約七點多鐘，鄭福麟在北角四五六菜館請吃飯，派頭一落，大湯黃魚、紅燒蹄膀、清炒蝦仁，再加醃篤鮮，枱上放一罈女兒紅。何行依約而來，穿一襲靛藍西裝，白襯衣結紅領呔，滿滿溢着紳士氣派。坐下不久，他便跟鄭福麟老酒一杯杯地喝起來。何行那時頂多四十多，皮膚黑黑的，臉上泛着油光，老酒喝下去，臉不易其色，跟鄭福麟一邊吃喝，一邊講話，談鋒甚健。

抽空兒，我問他：「為什麼會寫起小說來？」

瞇着眼睛說：「小開，老哥哥為了生活呀！」

我好奇問：「寫小說可以養活屋裏廂人？」

何行笑了一下：「出了名，那就當然可以，要勿是，餓死人。」

接着，又勸我千萬別吃這行飯，只能把它當成業餘興趣，賺外快，曉得勿？同時告我，以我當時的年齡，絕對不適宜寫小說。旁邊的盧大方好心地幫着勸。給繞了冷水，我有點不快，也就大口喝起酒來。

何行用枱上毛巾拭了一下沾油膩的嘴唇：「你經歷太少，寫什麼呢？樂沒享過，苦難沒捱過，有啥好寫？」

年少氣盛，我不服氣：「那麼，依達是什麼回事？」依達是香港當年最紅的流行愛情小說作家，書迷萬千，以為何行當無以答我。

孰料何行哈哈一笑，道：「小老弟，那是一萬個例外，香港有多少個依達，對勿？」氣結氣結。

自從那趟之後，我很少見到何行。七十年代末，偶然在一些夜店碰到，身邊總是圍着一大堆人，粉黛佳人，蛇腰美婦，醇酒清影，調笑不已，醇醪似乎是他唯一的老朋友。八十年代中，過來人跟我說：「耀庭自從女兒墜樓死去，得了糖尿病，鋸了腿，行動不便，少出來走動。」我聽了，有點難過，一個人沒了腿，要靠義腿行動，那是多不方便呀！何行一向講賣相，義腿走路，一蹺一拐的，難看死了，他哪能過得了這個坎！雙重禍至，意興闌珊，何行的小說寫得愈來愈少，只有一些雜文在報上支撐場面，好讓讀者還記得曾有他這個人來。

到了八十年代，香港海派作家愈來愈少，氣勢大不如五、六十年代。以前，過來人、方龍驤、何行、和馮鳳三等人，合稱「海派四大天王」，後來陸續離世，先是何行、繼而過來人、方龍驤隨之、馮鳳三殿後。近年金庸、倪匡亦奉修文之召，海派作家更見凋零。今日香港文壇已成粵人天下矣。時光推移，這是必然趨勢。南來上海人在香港居住一久，海派、粵派之類的地域觀念，漸次消泯。新一代作家，即便原籍上海，客居香港，受粵俗同化、早已變成地地道道的香港人，身上哪有半點「海派」的氣質和作風！

中詞西曲憶鳳三

——香港海派作家系列之四

「小葉，來來來，來呀！阿拉兩家頭一道唱《今宵多珍重》！」大塊頭作詞家鳳三阿哥拉着大嗓門喊。「小葉搭三哥唱，一定好聽。」和應着的是貌似帳房先生、四大海派作家之首的蕭思樓（過來人）。我有點遲疑，今夜喉嚨有點兒發炎，不好唱。老白臉小方兄（方龍驤）直叫：「喂，沈西城呀，沈西城，叫儂唱就唱，裝啥嘎腔調！」左手捧酒杯，右手夾着半截「三個五」香煙屁股，自說自話地唱了起來：「南風吻臉輕輕，飄過來花香濃……」大鬍子何行拿起毛竹筷子敲在枱面上，打拍子。三哥為我壯膽，先唱了第一段。四大海派作家捧着一個劉阿斗，不唱怎行！駐場台灣女歌星方鳴走過來幫腔：「沈先生，你要唱呀，不唱，大哥們臉上可掛不住吖！」（罷了罷了，唱就唱！）豁出去，一手拿起枱上的威士忌，倒上半杯，一口灌進喉嚨，真管用，膽子壯，開口和着三哥唱：「我兩緊偎親親，說不完情意濃；我倆緊偎親親、句句話都由衷——」一直從坐着的四方枱子，勾着三哥的脖子，曳着喳喳舞步闖入舞池。別看三哥大塊頭，跳起喳喳，靈巧輕盈，我不及他。小方兄，唉！醉了，腰纏白枱布，搖搖晃晃，踏着自創不知名的舞步從旁助興。

六八年，銅鑼灣翠谷夜總會，衣香鬢影，銀燈瀉月，都成依稀舊夢。那時候，差不多隔日就來翠谷蹭酒賒飯，坐上海派作家的枱子，哈，酒任憑你喝，飯任憑你吃，歌可盡情聽，舞可盡情跳，這兒沒有悲哀，只有歡樂，開開心心又一夜。枱上即不講聲色犬馬，也會談文論藝，不月旦同行，只挑剔自己。有一回，四位大哥，要劉阿斗說說他們的作品，預作聲明：不准盲捧，要講良心。哈哈，劉阿斗什麼都沒有，只有良心。過來人一聽，呵呵大笑：「好好好，沈西城儂講！」小品文，講人情世故，過老闆一把抓。過老闆點頭微笑；歡場小說，光怪陸離，何老爺沒話說。何行笑得鬍子翹起來；科幻推理，沒人比得過小方兄，方龍驤開心得一杯威士忌倒進口，揉着肚皮說個不停；說到歌詞，有誰勝得過鳳三哥？三哥笑得眼睛瞇成一線。過來人道：「有一啱啱拍馬屁，不過——」不過什麼？何行接口：「是事實！」眾大笑。大塊頭鳳三，整日笑咪咪，我叫他彌勒佛，呵呵大笑：「人笑得多，沒病痛、長壽。」此話確也，四大海派作家當中，他活得最長久。三哥五十年代中期開始賣文，筆名有馮蘅、朱雀、司明。一趟在他家附近的皇后飯店喝咖啡，我打趣說他寫文章雜七，雜八，啥都寫。他回道：「小開命好，儂老太爺，做建築，發大財。我是一家數口等我吃飯，有人找我寫文章，給我錢我就寫，要不是，手停口停，吃西北風！」文字生涯的苦況，到我跟姆媽吵相罵，翻了臉，離家出走，到洋場討活方才徹底明白。人情冷暖，窮唄，垃圾都要寫。

三哥仙逝，我追憶往事，想找他的文章，這才發現香港文化界實在虧欠了他。走遍書局，找不到鳳三哥的單行本，僅有中文大學的小思老師為他出過一本小書《異鄉猛步》，收集了一九五五年到一九六五年用筆名「司明」發表在《新生》晚報副刊的小品。三哥五〇從上海來港，他自家說：「來到香港不久，我就賣文維生，一賣好幾十年，文章不值錢，倒是所填歌詞，到現在還有人曉得。」人人都知道《今宵多珍重》出自三哥手，那還有呢？知道的人不多。讓我來說給你們聽，《紅睡蓮》、《杏花溪之戀》，《叉燒包》、《高崗上》……芸芸作家當中，黃霑堪稱有心人，他這樣說：「中詞

● 鳳三用筆名「司明」發表在《新生》晚報副刊的小品，近年編輯整理成《異鄉猛步——司明專欄選》

西曲的高手是海派才子馮鳳三（筆名司徒明），他把《Mambo Italiano》改成《叉燒包》（張仲文演唱，紅遍歌壇）、《Rriver of No Return》譯亦為《大江東去》（姚莉唱）、《Jambalaya》變做《小喇叭》、《Seven Lonely Days》化做《給我一個吻》（張露主唱），洋為中用盡情地發揮，大有信手拈來即成妙諦的效果。這些歌詞有時完全不管原詞本意，只是照旋律去向，另填合符聲情的新曲意，居然新詞比原來英文版，更深入人心。」深入人心又如何？一首歌詞百多元，還不夠三哥晚上喝酒的開銷，哪能靠作詞養妻活兒！只有寫寫寫，拼命地寫！六、七十年代，香港文壇三大寫稿機器，便是三蘇、宋玉和鳳三，一天

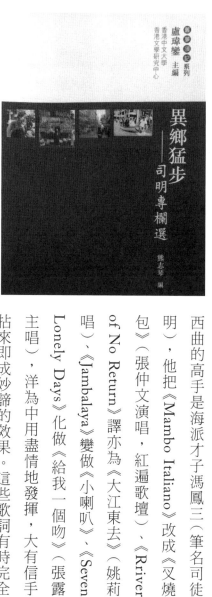

寫一萬五千字到二萬字左右。估計三哥一生人當中，起碼寫了近億字，流傳在世者，怕不到十萬字吧！做作家，真倒楣。

喜歡時代曲的人，都以為鳳三所填歌詞當以《今宵多珍重》為第一，其實非也，要我選，我推《紅睡蓮》，原曲出自日本歌神古賀政男，古賀政男者誰？便是台灣時代曲之父鄧雨賢恩師、其於日本歌謠界之地位等同黎錦暉之於中國。《紅睡蓮》四〇年由李香蘭首唱，香港張露隨之，中詞即出於三哥之手，且來聽聽吧——「看那花彷彿入夢，閉雙目漸入幽夢，夜來香優美迷離，蓮花更秀美。嗳花……要起來，起來問你為什麼獨眠。愛那花娟娟風姿，愛那花紅葉綠時，你該要愛情扶持。看那花彷佛入夢，閉雙目漸入幽夢，夜來香優美迷離，蓮花更秀美。嗳花……要起來，起來問你為什麼獨眠。愛那花娟娟風姿，愛那花紅葉綠時，你該要愛情扶持。」今夜窗外滴滴答答，獨個兒家中聽《紅睡蓮》，張露輕輕唱着：「夜來香優美迷離，蓮花更秀美，嗳花……要起來起來……」我入了神：是呀，起來起來！三哥起來，跳我們的喳喳，好不？

依達退藏於密
——香港海派作家系列之五

《今夕又雨》，依達力作，我喜雨絲，獨愛此書。寫此文時，窗外雨連天，窗內愁如海。香港海派作家賣少見少，四大名家，何行、過來人、方龍驤、馮鳳三，塵歸塵，土歸土，相繼離世。要數海派作家，並不容易，如果，我說如果，把現存上海籍作家都歸列「海派」，那麼依達應當名列其內。

依達是老朋友了，相識於八十年代，其時，我出任《翡翠週刊》老總，老闆派使命：「找依達寫段稿子吧，稿費從優。」並不難找，依達寓所距編輯部不外數站之遙，拿起電話，一通打過去：「依達先生，我是沈西城，《翡翠週刊》主編（自己不能稱老總），很希望你能幫忙寫一篇小

年輕時候的依達

說，每週一段，行嗎？」了無拖沓，稿費也不講，爽快答應：「好的好的，沈先生什麼時候要？」說出期限，「那好，那天中午你來拿，地址是太古城春櫻閣。」往取稿那天，春光明媚，小鳥吱喳叫，柔風輕輕飄，三腳拼兩步，奔上春櫻閣。按了鈴鐺，半響，門開小半，一隻手伸出來，手的主人半掩門後，遞過一隻大信封：「沈先生，請你多多指教！」聲音婉轉，一聽，便知是上海人講廣東話，腔調跟家母相同。看稿後，打電話謝他，客氣萬分：「多謝欣賞，要真是寫得不好的話，是可以不用的！」喔唷喂，啥閒話？誰都知道那年代，香港文壇寫愛情小說，最好的，男是依達，女是亦舒，雌雄合璧，無人能攖其鋒。《翡翠週刊》有依達，銷路直線上升，老闆合不攏嘴。依達為《翡翠》寫了好幾期，我倆卻無多交集，偶然出席宴會，寒暄幾句，各自酬酢。

九十年代後，依達漸漸淡出文壇，好友香港老頑童簡而清去世後，情緒稍波動，深居簡出，鮮與人往，找他不容易。大作家去了哪？傳說紛紜，有人說他在東莞賣傢俬維生（瞎三話四，神之乎之），也有說移居域外，與山水為伍，不問世事。傳說唄，真假難分。十年前，羅斌去世，發文悼念，想起依達，四處尋問，耗盡心血，影蹤渺渺。環球出版社社長羅斌，可說是依達恩人，沒有羅斌，哪有依達？不，重逢後的依達告訴我，他的恩人，還有一個，便是奇情小說作家方龍驤。我在〈依達你在何方？〉一文中這樣說過——「依達十六歲向『環球』投稿《小情人》，書久未出，原來已轉送『邵氏』拍成電影。誰有此眼光？海派作家方龍驤是也。依達夫子自道：『第一部書是每天做完功課，一天寫一點完成的。『環球』的方龍驤取錄我的小說，久久未出版，原來已介紹給陶秦拍《儂本多情》。書出版時，戲已在拍，也算是我的幸運吧！」依達感恩：『所以他（方龍驤）是我的我恩人兼老師，他確是指點我寫作技巧，教我寫小說橋段要有『化』的技巧，我一直叫他方叔叔。』」老一代文人多感恩，新一代的已不作興這樣了，嫌你OUT呢！羅斌去世，更念依達。九三年，羅斌七十大壽，設宴麗晶，羅斌拉着我的手，走到依達跟前，這樣說：「依達，你弟弟來了！」依達嘻嘻笑起來。為什麼這樣說？就是因為我年輕時的長相有點兒像依達。羅斌太太何麗荔女士第一眼見到我，滿臉驚訝：「呀，你真像依達！（那敢情好、可以冒充了）」連老廣東羅斌也同意：「是有點像，只是沈先生的廣東話較為標準點兒。」其實依達的廣東話很地道，只是聽來帶點兒上海口音。

跟依達很有緣，同姓葉，又是老鄉，不知底蘊的人，常以為他是我哥哥。想到羅斌，就想到依達，很想找依達，但如何找呢？人海茫茫，像斷了線的風箏，不知飛去哪裏。朋友笑言：「說不定去找夢妮坦吧！」眾哄笑。二〇一九年七月，偶看面書，有人提及以往曾跟依達旅遊，於是發一通訊上網聯絡，未幾竟獲覆，並附微信號碼，我們可以互通聞問了。接着下來，我們每天發訊息，他送我網上他拍攝的各樣奇花異草，我寄奉最近新作乞指教，通訊連綿四、五年，每日一花，到現在，積壓已近二千，大可出書一本曰《依達繁花》。古稀的依達，有一個原則：只可聲傳，不能面見。我跟吳思遠想到珠海拜訪，他客氣萬分地婉拒，只想留下青春好形象。

依達美儀容，人盡皆知，六十年代末，依達紅透半邊天，小說不獨迷到千萬少女，也感染咱們一班少男，我們學懂修飾儀容，衣著趨時，在派對中，標奇立異，欲狩獵物。不僅此，還教懂咱們不少玩意：帶什麼牌子手錶？穿什麼歐美華服？到什麼地方喝咖啡？開什麼汽車？依達已成心中的神。名氣大了，交際圈闊了，交上不少明星朋友，其中一個便是謝賢，兩人皆好打扮修飾，志同道合，漸成莫逆。也是因了謝賢，依達作而優則演，上大銀幕，演小角色，在《早晨再見》飾演畫家，對着畫板，握着畫筆，瀟灑佻脫，十足畫家範兒。影圈有謝賢這大碗，難超越，退而其次，當歌星，拜倒許佩老師門下，跟國泰女星萬儀合組情侶歌舞團，四出登台，賺波幣、攫美金，好不快活逍遙。人心不足蛇吞象，後來還在天橋上走貓步，時薪計算，收入遠超出書。依達膽大破格之舉，當不止於此，不知何年何月何日，拍過一輯艷照，裸體袒露浴缸，意態撩人，引起衛道之士群起圍剿。秉承知堂老人教誨，一律不作回答，蓋一談便俗。我長得有點像依達，朋友都說可以冒充他。哪有這膽子，不過的確有人認作依達胞妹，混水摸魚。

二十歲時認識了一位葉姓舞小姐，知我好弄文章，問我可知道依達？我頑皮地回答：「我認識他，他不認識我。」小姐呵呵笑：「湯美，你交運了？我可以介紹你認識，他是我大哥。」依達姓葉，跟小姐同姓，沒好懷疑的，可她廣東話好得出奇，不帶半點兒上海口音。小姐也知道我起了疑心，白我一眼：「我生在香港！」一切了然，毋庸解釋。我纏着她去找依達，小姐顧左而言他，太極推手極洒家，推得我不好意思再胡纏，不了了之。後來，小姐失蹤了，人海茫茫何處尋？去年二月，微信聊天，問起依達，他一聽，微有慍意：「這個女人，一天到晚冒充是我妹妹，沈西城，你可得小心呀！她偷東西的。」原來小姐跟依達只是普通朋友，一次來訪，順手牽羊，將家裏珍藏捲去。依達心眼兒好，提醒我。其實我這個窮措大，哪有東西給她偷，小姐，偷我的心吧！小姐可不要。

依達小說流行的原因，我在《香港名作家韻事》一書裏，這樣說——「依達的小說，最成功的便是能令青年男女有一種代入感，青年男女在現實的社會中，無法滿足自己，只好借依達小說來滿足，男的幻想自己英俊風流，女的幻想自己青春美麗，各得其所，樂也悠悠。依達的小說，還有一個特點，便是筆法簡潔，中學生的文化程度，不會太高，依達那種短句式寫法，最適合他們的脾胃，讀來不吃力，便有興趣看下去，於是一本一本的讀，依達每天都要伏在寫字枱上，手不停揮。日本文化界中有所謂『作家明星』，香港之有『作家明星』，始自依達。」六、七十年代是依達創作的黃金時期，唱歌、拍電影、財源廣進，投資有道，早在香港太古城買了春櫻閣，九十年代後，漸次淡出。〇二年移居珠海，棲住臨河大宅，看河、賞花、旅遊，生活寫意。他說：「一直就喜歡珠海的海闊天空，享受這兒的清淨和無人認識我的自在，找到自己最喜歡的樓宇，買下了就一直退隱到現在。」我嘴多，問他為什麼取名依達？這還不簡單：「我自少喜歡意大利歌劇，最愛《雅依達》，去掉『雅』，即成『依達』。」人在盛名之時，能急流勇退，實在不容易，金庸、倪匡是依達前輩，這種境界，他們做不到，依達做到了，退藏於密，才能內具，正是依達。

依達名作《蒙妮坦日記》

跟無名氏跳舞

去年十月十一日是名作家無名氏逝世十週年紀念，香港文化界除崑南先生在報上撰文哀悼外，竟無一人道及。無名氏，江蘇人，姓卜名寶南，後改名乃夫，生於一九一七年，為近代名記者卜少夫的幼弟，中學輟學，刻苦自修。十八到二十歲兩年期間，每日藏身「北大」圖書館，讀書十多小時。無名氏從小立志當作家，一九四三年他在《華北新聞》副刊發表了《北極風情畫》，以特異的筆法寫淒怨悱惻的愛情，哄動文壇。這本小說跟《塔裏的女人》一共刊印了五百版，是當代最暢銷的愛情小說。

我第一次看無名氏小說，是在七五年自日本回港後，先是一個前輩問我可看

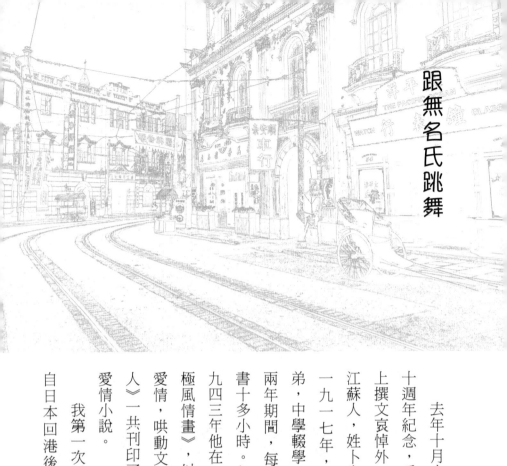

過《塔裏的女人》的電影？我回答：「看過！」對這部由「國聯」攝製、林福地導演、楊羣、汪玲合演的電影，印象很深。前輩聽了，勸我一定要看原著。於是跑去書店找，找了幾家，都沒有，腦筋一轉，遂去舊書店找！結果在灣仔「長興」找到了，那是一本破書，售五元正。回家翻看，一夜看畢，感覺上，原著比電影好多了，文筆之優美，構思之深邃，故事之曲折，實非愛情小說大家張恨水所可及。可前輩說這並非無名氏的傑作，他最得意的作品是《無名書》六卷，由於身在大陸，無法印刊。八二年秋，接到何錦玲女史電話，說：「無名氏南下到港，相約吃飯一聚。」那夜，整裝赴宴，座中名士俊彥畢

無名氏照片

集，倪匡、胡菊人、卜少夫、何錦玲皆在座。無名氏的國語帶上海口音，坐在我對面，一聽我是上海人，歡喜得不得了，緊緊握住我的手說：「阿拉等一息好好談一談。」席間觥籌交錯，老頑童卜少夫大哥又醉倒，閒話亂說，惱得何大姐杏眼半閉，櫻唇微啓，雖惱而不失儀，這正是蘇州美人的風華。

席散，無名氏偕倪匡同我離開飯店，走了一會，忽地問：「倪匡兄！儂可以帶我看看香港夜色麼？」倪匡何等機靈，故意促狹：「好呀！我帶儂上山頂看看！」無名氏不熟倪匡個性，以為他動真格，臉一紅，擺手道：「弗是格個意思，我想……」急忙間說不上話來。我打圓場：

● 無名氏著作：《印蒂》

「大哥！卜大哥是想到夜場看看！」倪匡狡猾地一笑：「我老早曉得伊格心竅。」一行三人，由倪匡帶路，去了「華都」酒店二樓一家小會所。三人坐下，開「藍帶」，小姐來陪，無名氏正襟危坐，不假辭色，光舉杯對飲。這樣鬧了一陣，無名氏說：「倦了」，倪匡結帳。這時候，倪匡身邊的小姐忽地問：「倪先生！呢個士佬邊處嚟㗎？成日用中國話問我點解要做小姐，你話煩唔煩！」聽得倪匡跟我險些兒連酒也噴出來。

無名氏對宗教素有研究，先是研西洋宗教，復習佛學，他的《無名書》六卷在台灣陸續出版後，我斷續看過，正如黃繼持教授所說——「這是西方現代文學所要表現的重要一環，從波特萊爾直到當今的紀德都在這一層反覆。」而在我，無名氏簡直就是谷崎潤一郎和三島由紀夫的混合體。那趟夜裏一別，即成永訣，這篇小文就當是我忘不了的悼念吧！

心鎖．郭良蕙

董橋報來噩耗，六月十九日中夜郭良蕙腦溢血去世，享年八十七，美人遲暮，春盡紅顏老。八十後，怕沒聽過郭良蕙的名字，可在六十年代，郭良蕙是紅透文壇的女作家，一部《心鎖》哄動台港不說，連門禁森嚴的《星島晚報》副刊也破例轉載了她的小說。《心鎖》是第一部，接着是《遙遠的路》，我識郭良蕙始於《遙遠的路》。那年代，《星晚》副刊甚少刊登女作家的小說，郭良蕙是破天荒的第一個。《遙遠的路》刊在副刊左下角，約一千字，文筆歐化，用詞典麗，跟香港有名的女作家孟君、鄭慧，很有不同。後來才知道是「上海復旦大學」外文系的高材生，譯過不少外國名著，筆沾歐陸風，不足為怪。追看郭良蕙，除了筆下的愛情故事，還因為她是一個大美人，我看過《台灣時報》上她的照片，一頭如雲長髮，和風吹拂，有如薄紗，紗下的那個女人，明眸皓齒，笑靨如花，像煞《蚵女》王莫愁。如此美人兒，哪能不引起咱們男性讀者的注意？

嗣後又看了郭良蕙的《斜煙》、《青草青青》，最後連散文集《格蘭道爾的午餐》也啃了，一冽清泉，清澈透骨，得隴望蜀，很想一見真人。八二年機會來了，那時我正為「天聲」圖書公司寫一本《香港女作家素描》的小書，陣容鼎盛，有林燕妮、陸離、農婦、李碧華、亦舒……，正寫得七七八八時，忽聞郭良蕙要來香港，我立刻想到把她寫進書裏。「天聲」鄭雪魂老闆二話不說致電郭良蕙的「新文化」公司約晤。秘書小姐答應一有消息，立即通知。隔了十天，秘書小姐約我隔天中午一點鐘到郭良蕙下榻的「富都」酒店相見。

那是一個陽光明媚的八月天，我準一點去到「富都」二樓的酒家，郭良蕙早已在座，黑衣挽髻，高貴雍容，一看我進門，已舉手招應。我有點奇怪，她怎會認識我？一團迷霧，坐下廓清，原來郭良蕙長於看相，她說：「你是木型，手指修長，一看就知道是文人。」呀！觀人於微哪！郭良蕙往下說：「你不介意，讓我看看你的手相。」我哪會推，伸掌與她看，她說了好幾句，很準，但最準的是：「十年後，令尊的生命會有危險（父親於九三年去世）。」郭良蕙滔滔不絕地說相學，我無法插嘴，可我不能光聽她談相，忘了今番專訪的目的呀！結果狠心打了岔，問她的寫作生涯。郭良蕙說：「我喜歡寫，寫了投到報館去，唷！通通投籃，作家當中選投籃冠軍，一定是我。」原來郭良蕙寫作伊始，是「投籃英雌」。我問到《心鎖》，郭良蕙緊皺眉頭：「這本書我給人罵得狗血淋頭，最凶的是蘇雪林和謝冰瑩，謝大姐還要求中國文藝協會理事會開除我的會籍呢！」雖是二十多年前的往事，說起來還有點黯然。其時郭良蕙已很少寫作，興趣早移向古董、看相。對古董，郭良蕙有一番很深刻體會——「古董告訴我們歷史，

● 年輕時候的郭良蕙

● 郭良蕙著名作品：《心鎖》

跟文化淵源很深，譬如手上有個乾隆青花瓷瓶，你可以透過瓶上的刻紋和品相，推斷當時做瓷工藝去到哪個水平，對考古有很大的幫助。」

談了一個半小時，郭良蕙有新訪客，她親身送我到電梯，微笑道別，孰料，那是永別了。

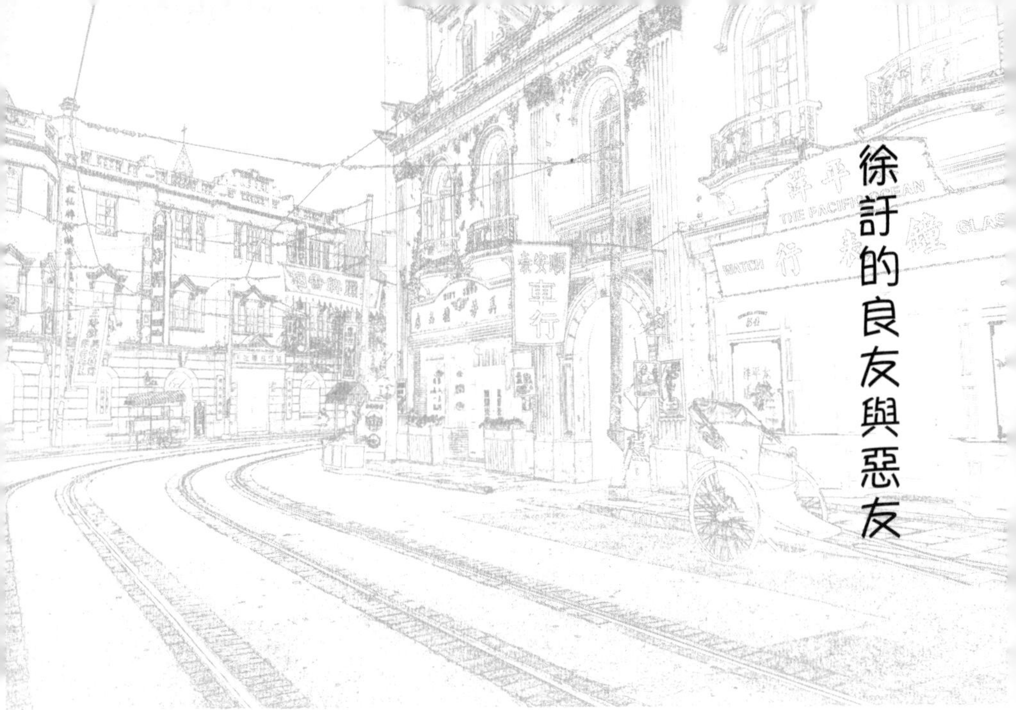

徐訏的良友與惡友

作家多有怪癖，徐訏亦然，沉默寡言。跟他談話，只靜靜地望着你，偶然答上兩三句。他祖籍浙江慈溪，長年寄居上海，只會說寧波和上海話，廣東話不屑說。我能與之接觸，完全是借了能講上海話的神功。一趟午間咖啡，他告訴我喜歡住在九龍城，那裏的馬路讓他想起上海法租界的霞飛路。

上世紀七十年代中期，我被指派去訪問大作家徐訏。接到任務後，我大吃一驚。我打日本剛回香港不久，進《大任週刊》工作僅一星期，老總孫寶毅下令訪問徐訏，對我無疑是無以名之的挑戰，我實在沒有把握把訪問做好，山有虎呀，不去又不行！靈機一觸，向《明報週刊》編輯、徐訏的女學生圓圓討教，獲悉徐先生冷峻傲慢，不苟言笑，訪問他實在是天下難事。圓圓口慈心軟，面受錦囊，要我先擬好題目，見面時，先讓徐先生過目，再開腔訪問。

吃了定心丸，消去疑慮，挺胸出發。二月冬日下午，我偕同攝影記者小朱趕到大會堂嘉頓餐廳。日麗風和，樹影婆娑，繁花匝地，徐訏早已在座等候。

聽說法國留學一年，心想：打扮必帶點兒浪漫吧！一瞧，一襲深棕色法蘭絨外套，同色襯衣，配一條鵝黃長褲，腳踏淺棕色麂皮皮鞋，嘴角叼着一根「三個B」煙斗，活脫脫是一個英國紳士，哪有些兒法國氣味。小朱附耳說：「徐先生比作家更像作家呀！」我叫了一聲「徐教授」，便坐下來，把擬定的題目遞交他。「沈先生，你要訪問我呀？」

徐訏呷了一口咖啡，扳起有五、六條皺紋的面孔，冷冷地用國語問。（喔！原來圓圓早已打了招呼）徐訏掃視了一下題目，隨手放在枱面上：「你的題目很刻板、平凡，無啥可談，倒不如隨便聊聊吧！」吃了記悶棒，血往上湧，腦袋空白一片，頓時不知所措。還是小朱機靈，問了徐訏求學經過。一九三一年畢業於北京大學哲學系，（難怪說話都會帶一些哲學味兒！）畢業後，輾轉去了上海，看到林語堂主編的《論語》蠻有趣，就投稿碰碰運氣，結果給登了出來，喜不自勝，陸續一篇一篇地投，每投必中，跟林語堂建立了亦師亦友的友誼。事實上幽默大師林語堂非常看重徐訏，除刊登他的稿子，還讓他當上《人間世》的編輯，這對一個青年來說，實在是莫大的榮譽。林語堂不止一趟地對人說：「徐訏跟魯迅是二十世紀中國最偉大和唯一的詩人和作家。」研讀新文學的人都知道林語堂對中國新詩一向沒有好評，可他偏說徐訏是唯一的中國新詩人。（果真是唯一？）

如果說林語堂是徐訏的良友，那麼惡友這個角色自然是由留學美國名教授夏志清來擔當，一本《中國現代小說史》，名聞中外士林，講現代中國小說，他就是聖經，作家一經他品題，立即成為注目人物。夏大教授最引以為傲的發現，就是發掘了張愛玲和錢鍾書。他甚至說張愛玲的《金鎖記》是百年以來中國最佳的長篇小說，而錢鍾書的《圍城》是最優秀的幽默小說。兩位作家得夏教授的格外賞識，不獨紅遍中國，連洋學者也留意起來。可煌煌巨著裏，偏偏沒有徐訏的名字，不正反映了夏志清完全不在乎徐訏嗎？徐訏果能吞得下這口氣？

總歸有人站出來說話了，文學批評家廖文傑這樣說：「夏志清在《中國現代小說史》內完全沒提徐訏小說。王璞在徐訏論文中的註釋中則以為夏志清在《中國現代小說史》對徐訏不置一詞，可能是因為徐訏當年與石堂兩篇論戰的文章有關，但她寧可相信這遺漏是聖伯夫式（十九世紀法國文藝批評家）的失手。一九七五年，夏志清曾在《書評書目》上發文說以前看了徐訏兩本書，覺得不對口，以後他出的書一本也沒看，並說一個作家一開頭不能給人新鮮而嚴肅的感覺，這是他自己不爭氣，不能怪人。」廖文傑總結曰：「不過一個文學史家這樣也未免有點輕率與偏見吧！」明顯同情徐訏。

在徐訏去世多年後，夏志清去函《純文學》，解釋鄙視徐訏的原因，說因早年在上海讀了徐訏的《鬼戀》、《吉卜賽的誘惑》，不喜歡這種調調兒，故不考慮把他放在《中國現代小說史》。廖文傑持平，直斥夏志清連《風蕭蕭》都未看過，隨口胡評，對徐訏並不公平，有失書家風範。

翁靈文伯伯對我說過徐先生在香港並不得意，雖曾在中大授課，最後也當上浸會書院中文系主任，心裏並不快樂，因此心理上有些偏差，脾氣忒大。我對徐先生的印象亦復如是，真不好相處。那趟訪問，經圓圓潤飾後發表在《大任週刊》。今年夏天黎漢傑君從圖書館舊雜誌，蒐集了我的少作，編成一書曰《鴻雁光影》，訪問收在書裏，再讀一過，很有點兒感觸。嘉頓初晤，再見已隔一年多，在《七藝月刊》籌備會議上，徐訏侃侃而談，想要振興香港文學水平。開了幾趟會，終於出了雜誌，捱不到幾期，壽終正寢，印刷廠老闆黃冷賠了些錢。解散編輯部時，徐訏特意送我他的詩集《時間的去處》，簽了名，我一直收藏着，搬家時，丢失了、下落不明。

中年以後的徐訏

徐訏的《風蕭蕭》

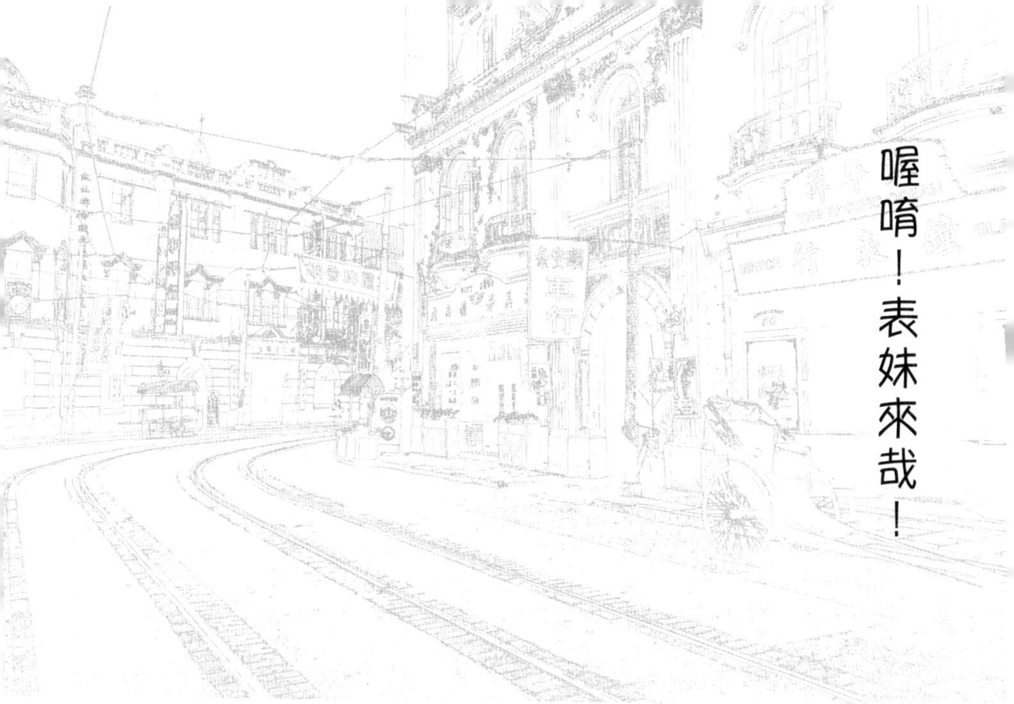

喔唷！表妹來哉！

一九八二年夏日，和風細雨。海派作家蕭思樓做東，擺宴銅鑼灣東興樓，只請上海男女文士，我這個小路路忝為一員，整裝到場。方龍驤、何行、鳳三（司徒明）均已在座，一看，還不到十個人。方龍驤酒癮起，喊道：「喝酒，白蘭地！蕭思樓，快的，勿要刮皮！」蕭老闆白他一眼：「再等等，我表妹還沒來！」表妹？從未聽說過呀！鳳三阿哥向我使眼色，示意別問。又待了一會，貴賓房木門推開，閃進一個女人，全身玫瑰紅，香氣襲人。望清爽，人家圓姿替月，伊更甚，圓姿替盤，臉闊、腰粗，頭髮往後紮。蕭老闆眉開眼笑：「喔唷！表妹來哉！」表妹笑笑說：「對勿起！我來晚哉！罰我先吃三杯！」一手拿起枱面上的花雕酒壺，倒滿三個小杯，一口一杯，不消數秒，全乾。眾人轟然叫好。這位直爽豪邁的女士，正是才女張愛玲口中的「腰既不柳，眉也不黛，胖得像籮筐」的潘柳黛。細細瞧，腰真不像柳，可眉黛不賴呀！張愛玲只說對了一半。

那夜，眾星伴月。潘柳黛笑得花枝亂顫，好不開心。席散，我跟翁靈文伴她一起走，臨上「的士」，我要求日後做個訪問。潘姊說：「可以，你叫老翁找我。」隔了兩天，央老翁代約，不久回曰：「週六下午三點尖沙咀假日酒店二樓咖啡室。」可第二天老翁打電話來說：「潘姊家有要事，來不了，過兩天你自家找

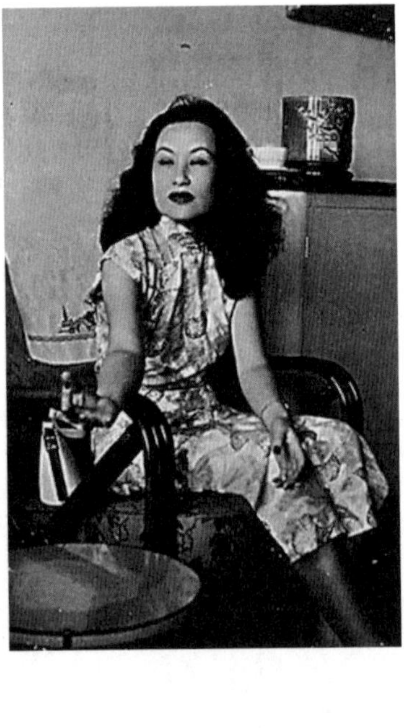

● 上海四大才女之一：潘柳黛

她。」拖拖拉拉逾一月，最後相約在半島下午茶。準兩點半去到，潘姊還沒來。要了杯咖啡，吸着煙，還未燃至一半，潘姊施然至，只慢了五分鐘，不住向我道歉，我反而不好意思起來，咱倆話匣子從上海時代的潘姊開始。

我看過記者寫的一篇文章談到她跟張愛玲是姊妹。問她對張女士的看法。潘姐瞇着眼睛說：「說實在的，愛玲的文章是寫得蠻好的，人嘛，比較刁鑽做作，換句話說，很會宣傳，把自己製造成大眾偶像。」聽口氣，好像不很喜歡張女士的作風。她接住說：「張愛玲很崇洋，洋派得很，我寫一篇文章開她玩笑，從此生我的氣。」

潘姊寫文章，表面上幽默，底子裏刻薄，這樣描寫張愛玲——「張愛玲是李鴻章的重外孫女，這種關係就像太平洋上淹死一隻老母雞，吃黃浦江水的女人卻自稱喝到了雞湯一樣。」依張愛玲的脾性，焉會不氣炸肺？蘇青說張愛玲看到後，一時氣得渾身發抖，差點流下眼淚。

金雄白問過潘柳黛為啥寫這篇文章，潘姐道：「當時我只顧好玩，說得痛快，誰知以後不但胡蘭成對我不叫應，就是張愛玲也敬鬼神而遠之，不再和我軋淘。」

真的只是開玩笑嗎？這就不得不說一說當時上海文壇的情況，四十年代初，上海文壇有四大才女：潘柳黛、張愛玲、關露和蘇青。潘柳黛著有《退職夫人自傳》，蘇

● 潘柳黛的成名作：《退職夫人自傳》

青作有《結婚十年》，並為雙璧。可論文才，自是張愛玲最出眾，一是她的貴族血統（李鴻章的重外孫女），二則是她的戀愛，當年轟動上海灘，成了花邊新聞。張愛玲的脾氣一向古怪，不像蘇青那麼有人情味，又不如張宛青那麼通俗，比關露更孤芳自賞。潘姊棍打落水狗，還說張愛玲：「自標身價，不要說鮮花，就是清風明月，她覺得好像也不足以陪襯她似的」。

這番說話聽進張愛玲耳裏，不回罵才怪——「腰不如柳，眉也不似黛。」就是這時候罵出了口。潘姊不甘示弱，回敬——「八杆子打不着的一點親戚關係，如果以之證明身世，根本沒有什麼道理，但如果以之當生意眼，便不妨標榜一番。

而且以上海人腦筋之靈，行見不久將來，『貴族』二字必可不脛而走」。

果然不久，一代詞人陳蝶衣的大中華咖啡館，改組賣上海點心，「貴族排骨麵」應運上市。相罵出惡聲，兩人積怨深，五二年兩人都在香港，也是迎頭見面不相認。七十年代中，我跟金雄白初晤於中環蘭香閣，香濃咖啡兩杯對對碰，說得好好的，一提愛玲女士，就變臉：「額個女人儂千萬勿搭我講，一日到夜作，作天作地，吵死人！」說時，青筋暴現，嗓子發抖，啥個纏頭勁？好友王志堅告訴我金雄白頂瞧不起胡蘭成，說他是周佛海身邊的一條狗，「恨」屋及烏，連累張愛玲。

回說訪問寫訖，請潘姊賜教，回說：「很好，你寫人物很有一手。」得前輩讚譽，骨頭輕四両，剛巧有賣花女走過，順手摘了一朵玫瑰送到潘姊手上。純然是禮貌之舉，想不到潘姊反應忒大，嬌笑連連：「小沈呀！謝謝你！我最喜歡男人送花！」甜甜笑，十八姑娘一朵花，嬌羞天真，看得我呆了。想不到胖嘟嘟的潘姐笑起來，竟是如許好看。潘姐用手甩了一下頭髮，媚態畢呈：「我年輕時可沒這麼胖，追求我的男人比那個女人還多——」呷了一口咖啡：「當年蔣金（其子）的爸爸就是送我玫瑰花，打動了我的心。唉——我為他守寡五十年！」一臉的無奈，兩聲的唏噓。

五〇年南來香港，潘柳黛廣東話不懂，技能又沒有，重操故業，搖筆桿兒。一生好運，遇到好老闆小廣東羅斌，談得投契，請她為《新報》寫稿，稿費從優。成了名，仍感恩，只寫《新報》和《東方日報》。八二年我主編《翡翠週刊》，約潘姊寫文章，破天荒給臉，一篇八百字，一月四篇，稿費一千大元，平均二百五十元一篇，誠女作家中的天后也。年事老，小說早不寫，改當《東方日報》戀愛顧問，南宮夫人名聞香江，成為千萬戀愛中男女的明燈。惜乎能醫不自醫，潘姊感情一塌糊塗。

八八年某天，潘姐來電，清脆響亮：「小沈，我要移民澳大利亞，儂啥辰光有空過來白相！」此別再無期，伊人二〇〇一年糖尿病發故去，得年八十一。白骨芳魂埋異鄉，冤家同為淪落人！

穆時英被暗殺奇冤

一九四〇年，上海市。六月天時，驕陽炙得人心煩意亂，路上行人揮汗如雨。電車司機小張也因為熱，把電車開得像烏龜那樣地爬行着。他嗟嘆道：「要死快哉，哪能價熱，如果可以瞓一個午覺，就好？！」他心裏想着：「當老闆就好，可以享受風扇，唉！阿拉命苦！」身邊售票員老吳沒好氣地回說：「啥入叫儂窮，窮嘛，只好吃苦頭！再熱落去，生熱癤頭！」兩人一言一語在叫屈。這時電車已開過三馬路，趷進福建路，小張看錶，六點卅八分，還差兩個站頭，就到終站，可以下車，喝點水，歇一歇。

正是這時候，一輛黑皮紅漆的黃包車從橫弄拉上大馬路，車上坐着一個穿筆挺痲黃西裝的年輕紳士，右手夾着加力克香煙，左手搖着象牙柄絹扇子，口裏催促着：「師傅，拉快些，趕辰光！」車伕應了一聲「好——」，「好」字沒說完，東南西北，不知從何方響起兩聲「砰砰」響音，車伕還未得回過神來，黃包車上的那位紳士已發出慘叫聲，右手按住右腹，身子斜斜地倒在黃包車的靠背上。車伕給突如其來的景象嚇得魂飛魄散，大聲喊：「勿不得了，殺人啦，殺人啦！」將黃包車推倒路上，一個閃身，直奔弄堂，身影消失在夕陽中。很快警車、十字車來了，醫護人員匆匆把躺在黃包車上、全身淌血的年輕紳士送上十字車，拉着警號，一縷煙地疾馳而去。

第二天，《申報》頭版發出新聞——「新文學家穆時英昨日黃昏，三馬路上被槍殺。」消息傳出，滬上民眾反應不一，有人豎起大拇指：「天公有眼，有啥勿能做，要做漢奸！」也有學者正氣凜然地說：「嘿，這就是做漢奸的下場！」也有女人仰天長嘆：「一個風度翩翩男人價樣死脫，頂可惜哉！」

穆時英是誰？現代青年多不知道，他便是上世紀三十年代上海文學界赫赫有名的大作家，也是第一個把日本新感覺派引進中國文壇的先驅者，跟葉靈鳳、施蟄存、劉吶鷗並稱上海新感覺派四大家。一九七五年我訪晤葉靈鳳，閒談之間，不止一次提到穆時英死得冤枉。我識穆時英之名，應出自香港作家劉以鬯的推介：「穆先生，小說做得蠻好！」看照片，劍眉朗目，英氣颯颯，是繼新月派邵洵美之後的另一個美男子。祖籍寧波，上海長大，聰慧好學，自修日文。及長，每夜徜徉舞場，水銀瀉地，擁美起舞，樂個不休。他的妻子便是舞國紅星仇佩佩，所寫作品像《上海的狐步舞》、《白金的女體塑像》等，專事描寫上海的舞廳、咖啡館、電影院、跑馬廳……是典型的小資產階級主義者。

穆時英曾經來過香港，據老哥哥卜少夫的《無梯樓雜筆》，有這樣的描述——「一九三八年春季，我們這一批朋友先後從上海撤退到香港。我們所安頓的地方是西環太白台，聚居在那裏的，先後有張光宇、張正宇、戴望舒、但杜宇、杜衡、葉

穆時英

穆時英的《南北極》

靈鳳、楊紀、鷗外鷗、袁水拍、徐遲、王道源、丁聰、朱旭華、陳娟娟、馮亦代、魯少飛等。穆時英那時也從九龍城搬來了……我認識穆時英是從這時候開始的。這時香港的文化界活躍起來了，以我們這批人為中心，最具體的組織，是每週一次的文藝座談會……穆時英的生活也寬裕而安定下來。他先是編《世界展望》，以後入《中國晚報》編副刊，最後入《星島日報》編娛樂版。後來穆時英到上海去了，是為了做影片的生意。再一星期，他留港的母親、妻子和弟弟，不聲不響悄悄地舉家去滬了。又過些時，穆時英寫信給香港新聞界的朋友，請他們到上海去辦報。說現在只缺少人手，錢不成問題。極盡利誘之能事，朋友們都一笑置之。這證明他出賣了他的民族國家，和大多數同胞，成為漢奸汪精衛的小爪牙了。」

一九三九年，穆時英當上汪偽政府轄下《國民新聞》社長，並且利用《中華日報》大力宣傳崇日文化。依照卜少夫的說法，這時候，穆時英已徹頭徹尾成了漢奸一名，這便有了文章開首的那場驚心動魄的刺殺行動。那麼，穆時英是否真的是漢奸呢？時光荏苒，要到一九七二年，香港司馬長風出版了《中國新文學史》一書，才為穆時英洗刷了恥辱的漢奸之名。

司馬長風根據刊登在七二年《掌故》月刊第十期的一篇名曰〈鄰笛山陽——悼念一

位三十年代新感覺派作家穆時英先生〉文章辯誣。作者康裔自稱是中統特務，乃陳立夫親戚，受上級徐恩曾之命召穆時英回上海當汪偽報章社長，權充臥底，向中統提供情報。而軍統方面卻誤以為穆時英是漢奸，遂暗殺之。事情發生後，由於中統和軍統素不和，而自身勢力不如軍統，只好啞忍。於是穆時英背上漢奸罵名，含冤而逝。蒙古漢子司馬長風一生正義，經過跟康裔通電、面談，確認康裔的說法，撰文為穆時英洗冤，奈何其時穆時英墓木早拱。正是：魂淹泉下難闔眼，墓草遙牽荒漠愁。

繁花蝶夢

一代名編沈葦窗

中秋過後是重陽，忽念故人《大成》沈葦窗先生。屈指一算，斯人去世已廿六載，如今尚在，當是百歲壽星耳。猶記九十年代初，共樽前於雪園，兩鬢添霜，頭已微禿，目略有神而欠采，齒及《大成》景況，沈老道：「《大成》跟我早已連成一體，我在，它在，我亡，它亡。」語多感慨。沈老好憶往，陳年舊事骨碌碌抖出來，好比一部南來滬上文人雅士交誼史。沈老說得興奮，小沈聽得入神。

沈葦窗，祖籍浙江桐鄉烏鎮，一口蘇白說得比蘇州人更地道，不少人誤以為他是上海人，謙說：「講地道，我不如西城老弟，儂是真真正正嘎上海人！」聽之汗顏。我的上海話，不外如是，夾雜寧波口音，大不如他。九十年代我主編《花花公子》中文版，月刊工作繁忙，少有聯繫，偶然一通電話，敬問安康外，多問及《大成》近況。沈老道：「馬馬虎虎，有得做，總歸要撐落去，儂講阿對！」言語欷歔有原因，一是讀者漸少，不少老讀者去了買鹹鴨蛋，少有新人來捧場；二是老作者家凋零，陳存仁去了，高伯雨走了，南宮博逝了，一個接一個，僅靠陳蝶衣一人獨撐，何能濟事？我婉言安慰，回道：「自家事體，自家曉得，嘎樣落去，說勿定早晚要上排門板。」苗頭不對，轉話風，談戲。果然奏效，興致來了，打梅蘭芳，到馬連良、麒麟童，再到俞振飛，滔滔不絕。談了逾半小時，餘興未了，叮囑

沈葦窗與張大千

我：「做文章，一定要懂戲曲。」唷！難怪《葦窗談藝錄》寫來絲絲入扣，妙到毫巔。我問俞振真的那麼好？哈哈笑「當然不賴。不過，顧傳玠勿輸撥伊。」當年俞、顧二人並稱，不分軒輊。沈老乃崑曲大師徐凌雲的外甥，從小親炙崑曲，所說自有根據。沈老幼習醫，畢業於上海中國醫學院，有志懸壺濟世，南下香港，本想以此謀生，可香港早有四大名醫：丁濟萬、陳存仁、朱鶴皋、費子彬，杏林泰斗，難以比肩，可幸在上海時期，曾為金雄白的《海報》撰稿，於是重操故業，投稿報章，並在麗的呼聲金色台充當戲劇顧問，生活尚可對付過去。

時來運轉，七十年代偶遇鶴鳴鞋帽店的楊撫生老闆，相談翕如，楊撫生是一個生意人，開了《人人》和《大大》兩家百貨公司，生意不錯，為宣傳業務，出版了《大大月刊》，這是他第一本經手的雜誌，本跟沈老無涉。我曾為《大大》寫稿，是翁靈文所薦，寫了一篇〈東洋刀劍談〉。《大大月刊》大三十二開本，封面四色印刷，可惜銷路平平，楊老闆興致索然，想要停刊。沈葦窗得知，就慫恿他不妨換過新風格出版一試，盛意拳拳，楊老闆點頭答應。於是沈老一力獨挑編務，大事改革內容，改名《大人》，以文人逸事、宦海史料作為主打，一聲號令，海派文人紛紛拔刀相助，名家薈聚，猛稿如林。不可不知，沈老胞兄沈吉誠（人稱老吉），人面極廣，在上海時拜入杜門，精伶過人，人稱「小抖亂」。到了香港，海派交際，在文化界、電影圈、馬場都十分吃得開。老吉喜歡賽馬，更精於此道，熟悉馬圈人士，於是乘勢編了一本《老吉馬經》，這是香港賽馬史上第一本馬經，老吉因而成為香港馬經宗師，後繼者如蹄風、韋耀章等，都是他的徒子徒孫。他跟騎師陶柏林、洪燮康，俄籍練馬師皮羅夫、蘇芬諾夫、十分相熟，因此貼士準繩，銷路大開。沈葦窗靈機一觸，要老吉寫馬場軼事，於是《馬場三十年》始載於《大人月刊》，打戰前賽馬到戰後，時期橫跨三十年，綠茵場上馬奔騰，騎師揮鞭力驅策，人物栩栩如生，情節扣人心弦，讀者爭相追讀。惜乎壽命不長，僅辦了四十二期，七三年十月即告壽終正寢。原因聽說是沈老跟楊老闆在廣告佣金上，發生了意見，深覺受欺，拂袖而去。

《大人》停辦後，沈老意興闌珊，可一班海派作者苦勸他繼續辦下去，並且願意暫不支稿費，助他一臂之力。盛情難卻，勻出私蓄，同年十二月創辦了《大成》雜誌。《大成》的編輯路線跟《大人》了無異致，「聚文史菁華及藝術大成」，同樣是傳記、掌故、文化、藝術為主，有了前頭大人的編輯經驗，唱獨腳戲的沈葦窗，應付編務，更是駕輕就熟，游刃有餘。《大成》版面悅目，內容豐富，遠超《大人》，尤其係每期封面，統由巴蜀大畫家張大千繪畫，寥寥數筆，山水清幽，花鳥靈動，讀者焉能不愛不釋手？作家陣容，那就更勝《大人》多多矣，名家八方薈萃，各展文采，粗略算算，便有：儒醫陳存仁、掌故大王陳定山、芝翁、林熙、詞王陳蝶衣、廣東才子呂大呂、歷史小說大家南宮博……喔唷，差點兒忘了，還有我這個小不拉子沈西城。

按理嘛，誠如廣東才子呂大呂所說：「我跟《大成》大纜都扯不唔埋」，這就不得不提我的世伯翁靈文了！老翁是父親的老朋友，太平洋戰爭爆發之前，他們同在一個抗日話劇團工作，老翁當男主角，家父負責佈景設計，時任劇團團長就是後來中共外交部部長喬冠華。七四年初夏，我從日本回來，求職不遇，身無分文，翁伯伯介紹我為《大成》寫稿，我聽了，嚇一大跳。《大成》名家如林，且盡是飽學之士，我這個小毛頭，肚子裏倒吊無半滴墨水，何能得列門牆？翁伯伯用京片子道：「論文筆，你拍馬未能追上那些老前輩，可你可以從日本書籍、雜誌找一些有關中國傳記的資料，改寫成中文應應景嘛！沈社長定會樂意採用！」一為興趣，二為餬口，我從日本書籍上找到山口淑子（李香蘭）的傳記資料，立事編譯，寫成〈一代奇女子李香蘭〉，交由翁伯伯送呈沈社長葦窗先生達覽。本不存任何奢望，一個星期後的星期天，翁伯伯邀我到九龍佐敦彌敦道上的北京酒樓午飯。到埗後，房間裏已聚擁了十多人，我一眼就認出葦窗先生，穿了一襲深灰色西服，領脖子上結上束紅領帶，溫文儒雅，舉止瀟灑，輒有民國雅士之風。經翁伯伯作介紹後，他用上海話對我說：「沈先生，儂篇講李香蘭價文章，我拜讀過了，寫得勿錯，下一期刊出，希望儂多點來稿。」社長扶腋，小巴拉子自此成為《大成》最年輕的作者矣，阿拉儂，全是上海同鄉，親暱無間。

只是後來我跟沈社長發生了一些小誤會，從此沒再為《大成》供稿。直至九二年，我出任中文版《花花公子》總編輯，因為有篇文章涉及京劇，文中有關四大名旦、四小名旦的排名次序，只好硬着頭皮致電沈社長討教。沈老在電話裏，滔滔不絕詳為解說。旋約定翌日茶聚，多年陰霾，一掃而空。越三年，中秋前夕，葦窗先生離世，享年七十七，《大成》亦隨他而去。尊前故人尚在，愁思必隨風逝，愁思斷不了！

●《大人》

我跟陳蝶衣有場誤會

二〇〇三年，秋陽斜，天氣涼，我跟陳蝶衣（蝶老）相聚於蘇浙同鄉會，我以茶代酒，衷心向蝶老道歉，蝶老也舉杯，以示前事已休。為啥要道歉？說來話長。

多年前蝶老一時興起，親手籌劃《萬象》雜誌復刊，約我見面，宣告大計。他看到沈葦窗先生的《大成》做得有聲有色，不禁技癢，自家本是掌故界的權威，同類刊物的開拓者，因思舊調重彈。遠在四十年代（四一年）上海時期，已創辦了《萬象》，銷路不俗，今番崔護重來，復用舊名，當含包羅萬象之意。咱倆一老一小，坐在格蘭酒店咖啡室喝咖啡，細細思量。提及內容，蝶老如此說：「小阿弟，儂登在《大大月刊》的那篇〈東洋刀劍談〉

蠻好格，儂有同類性質格稿子就交畀勒我，好伐？」當然好，卻之不恭，何況報出來的稿費要比《大大》、《大成》要高，寫稿向錢看，義不容辭。另外也可有額外收入，美事一樁，哈哈！那日共商了近兩小時，蝶老談他的抱負，明顯視《大成》為競爭對手，看他自信滿滿的模樣，我也為他開心，不諱言我也頂興奮，地盤闊了，還可常常向蝶老請益。那時，我雄心萬丈，正在構思一系列三、四十年代歌星的文章，蝶老乃歌壇大前輩，跟姚莉、吳鶯音、李香蘭、白光、張露、龔秋霞都熟稔，當能打探到一點半滴的資料。

吳鶯音初來香港，通惠燈飾汪老闆伉儷請飯於銅鑼灣鄉村飯店，蝶老邀我作陪，他知道我是吳大姐歌迷，安排我跟伊見面。聚會出席的有蝶老、汪老闆夫婦，吳鶯音、許佩和我。現在，汪老闆、吳鶯音、許佩都已作古，回首往事，唏噓難禁。吳大姐說如果能早點來，就可以跟歌迷多見面了。我說：「阿姐，現在也勿晏，阿拉香港人人都曉得儂格！」吳鶯音問可是「明月千里寄相思」？我點點頭：「價只歌實在太好聽。」吳鶯音開心，登時哼上一兩句——「夜色茫茫罩四周，天邊新月如鉤，回憶往事恍如夢，重尋夢境何處求……」好聽好聽！耳油盡出。「不過阿拉也是吳鶯音。」吳大姐詫異地問：「儂哪能會是我，勿要打棚！」我改用廣東話說：「我係唔啱音。」蝶老轉述，以其諧音國粵兩者相同，「吳鶯音」用粵語念，便是「唔喘音」（跑調）。吳大姐喔唷一聲，掩嘴笑說：「要死快哉，廣東人真觸刻！」蝶老也忍不住笑起來。

既是蝶老下令，我當真投了一稿給《萬象》，可刊出一看，嚇了一大跳，面目全非，不便直接詰問，就在《聯合報》專欄文章裏，發了一頓牢騷。豈料教蝶老看到，傳了一通訊息給我，年代久遠，褪了色，字體模糊不清，大意云：「並非存心改動，而係文字糅雜沙石，不改不行。」他不知道這是翻譯，順筆直譯下來，不害本意，卻較佶屈，這在魯迅先生的翻譯裏，也是常有的，司空見慣，不足為奇。之後回了一信說明我的本意，也許文字有點過火，蝶老再無回信。

此後未再見面，直到二〇〇三年，才由方龍驤作東，姚莉陪客，共晉晚餐。於是有了文首以茶代酒的賠禮。飯局中，我慫恿蝶老寫《中國時代曲發展史》，蝶老眨眼：「啥格閒話，我弗來事勒，年紀大，寫勿動。再講，也唔嘸人會出版。」聽口氣，興趣不大。此刻，蝶老最牽掛的還是他的詩集——《花窠詩葉》。對詩，我隔教得很，只會做做古詩，魯班面前不宜舞大刀，還是談談昔日時代曲吧！蝶老堪稱樂壇詞聖，第一首填的正是陳歌辛作曲，周璇唱的《鳳凰于飛》——「柳媚花妍，鶯聲兒嬌，春色又向人間報曉，山眉水眼，盈盈的笑，我也投入了愛的懷抱……」此曲重唱的歌星頗多，以費玉清最好。蝶老談歌詞，開宗明義曰：「必需有情，才能寫歌。」由是可知，這絕不是搬字過紙的玩意兒。蝶老問我頂歡喜他哪首歌？答以《情人的眼淚》，尤其是「難道你不明白，為了愛。」蝶老笑眯眯地說：「小阿弟！你真格懂。」（咦！難道還有假懂？）《情人的眼淚》曲詞結合，嚴絲密縫，我將它列在十大時代曲榜首。奇怪的是這首歌主唱者居然是潘秀瓊，而非姚敏御用的胞妹姚莉。啥個原因？且聽姚莉細訴——「阿哥要捧學生子潘秀瓊嘛！只好讓伊唱咯。」提拔學生，妹妹讓路。南來香港，蝶

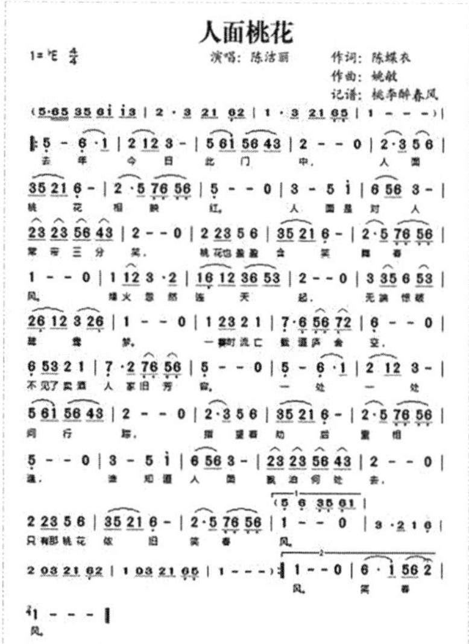

● 人面桃花曲譜

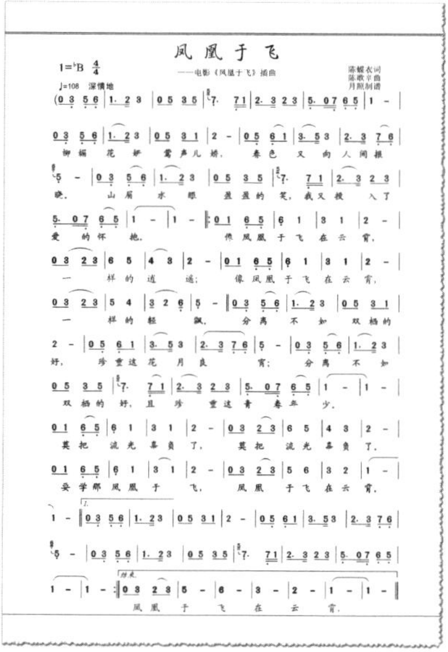

● 鳳凰于飛曲譜

老、姚敏窮得答答滴，整天泡在尖沙咀格蘭酒店咖啡室，這裏已成為他倆的私人辦公室。兩杯咖啡對對碰，喝完還可添，坐着坐着，姚敏開始吹口哨，靈感來！着侍者拿張紙過來，一面吹一面寫，迅即成曲，交與蝶老填詞，快工出精貨，往往一曲之成，不用半小時。不過偶也有慢工出細活的情況，便是吳鶯音主唱的《我有一段情》，一共花了十多日。「倘若每條歌皆如此，我嫁子婆要餓死哉。」蝶老口中的嫁子婆，就是廣東賢婦梁佩瓊。

蝶老重儀容，衣裳清爽，年老禿頂，覆以假髮，假得不成樣子，遠望就像一堆黑草蓋在頭上，有礙觀瞻。中國人多喜隱惡揚善，不好明言，只好由它，但看得多了，便順眼。有一趟，蝶老匆忙間忘了戴假髮，走到我跟前，幾乎不識荊。唉！還是戴好！蝶老去世多年，今夜靜思，遠處隱約傳來——「為什麼要對你掉眼淚，難道不明白為了愛，只有那有情人眼淚最珍貴，一顆顆眼淚都是愛……」

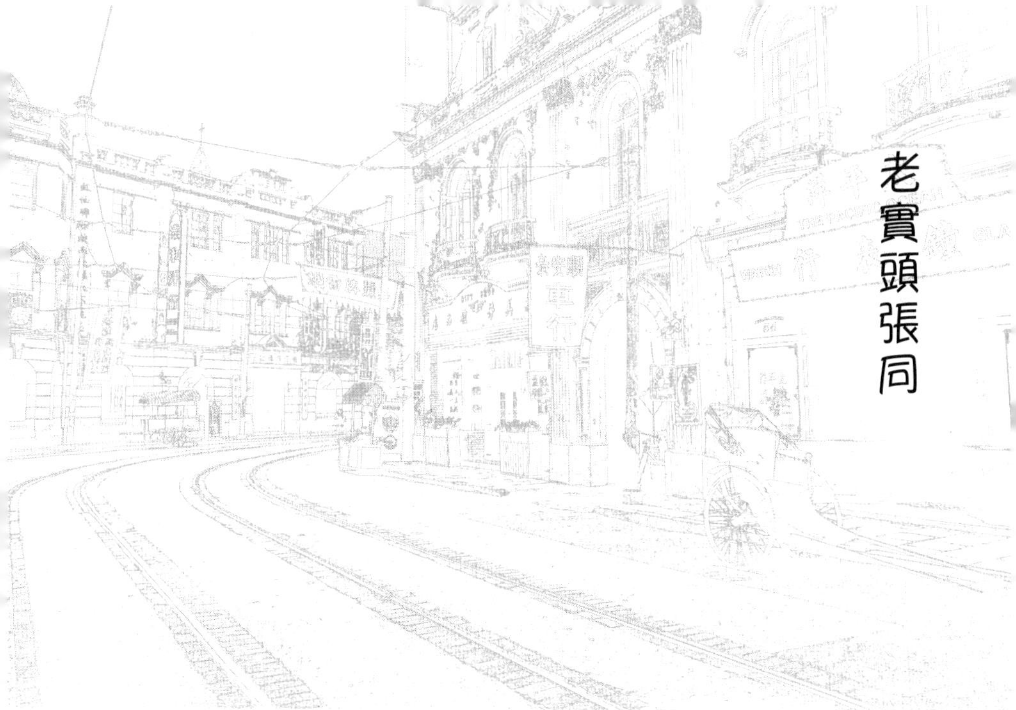

老實頭張同

初夏蟬鳴，綠枝挺發，寒意消，熱氣濃，慵慵欲睡，夢中遇張同。他乍問：「還記得阿哥弗？」當然記得，我回說：「你為我處女作《梅櫻集》畫的封面，我還存了一本哪！」張同淺淺笑，平頂頭下、鼻梁上的黑框眼鏡向下一落，倏忽不見，夢遂醒。時光回到七五年書話家克亮（黃俊東）叮囑我把發表在《明報》和《波文》兩月刊的文章，結為小集，交由「波文」書局出版。大事一樁，我忐忑、戰兢，花了半月，集稿、修改、批校，再交克亮兄作最後審定。過關後，克亮對我說：「集子不錯，作為第一本書，封面得要講究。」以文風看偏向素淡，封面固不宜新潮，也不能仿古，照克亮標準，封面難定。我那時初出茅廬，識人不多，同仁莫一點建議用他老師丁公衍庸畫作，克亮不同意：丁公畫風抽象，西城文字實在，有點不對稱。哪咋辦？老大哥克亮拍拍胸：「放心！包在我身上。」

過了三天，下午時分，我跟克亮在灣仔「波文」書局碰頭，談了一陣，門外走進一個男人，四五十歲，平頂頭，長臉型，黑框眼鏡，笑靨盈盈，一身清雅。克亮介紹：「張同先生！名翻譯家！」中年男人忙不迭地打揖：「哪裏哪裏！我是個老翻譯！」張同的名字，我聽過，他在《明月》闡釋翻譯的文字，我拜讀不少，卻不知道克亮把他請來有什麼打算。書局湫隘，隱隱散着書的黴香，克亮拉着張同和我走到摩利臣山一家餐廳坐下。張同要了紅茶後說：「俊東兄！你託我畫的東西，帶來了，請你過過目。」從西裝內袋撿出一個鵝黃公文袋遞在克亮手上。克亮打開，抽出一張小畫，黑白作色，畫的是一個小姑娘，手上捧着一簇花，樸實天真，乍看像豐子愷先生的畫像。我才一說，張同叫起來：「對對對！我最喜歡豐子愷，我父親同他是好朋友！」張同父親張宗祥老先生逝世甫十年，曾是西泠印社社長，大名赫赫。克亮說：「宗祥老先生為古文學做了許多事，抄錄不少孤本善本，真了不起！」這倒說得張同臉紅了，訥訥不言。

跟張同交往多了，才發覺他正是上海人口中的「老實頭」，他在「美國新聞處」做事，跟文壇孟嘗君戴天是同事，也是董橋的前輩。董橋在〈記得李先生〉一文中這樣寫——「浮沉在這樣超英這樣趕美的香港金粉歲月，李先生（如桐）和曾恩波、湯新楣、小賴、張同夜宴劃拳的呼么喝六肯定驚得碎海峽兩岸的萬千夢鄉。」寫的是醉酒的豪情、文人的氣概，可我從沒跟張同呼么喝六，更遑論喝酒。我們只會躲在狹小幽靜的餐廳裏，他啜他的紅茶，我喝我的咖啡，天南地北，在浩瀚的文化海洋裏徜徉。張同從不誇言是張宗祥的兒子，他會實實在在地說翻譯之難處、繪畫的樂趣！

● 作者第一本書《梅櫻集》當年封面

我的小書付梓，署名《梅櫻集》，封面正是那幅小畫，簽上小名呈送了一本與張同，他靦腆問：「我的畫可有破壞了你大作的格局？」憨厚、真誠，正便是張同。姚姬傳詩云：「草色獨隨孤棹遠，淮陰春盡水茫茫。」張同老哥正在遙遙的彼岸！

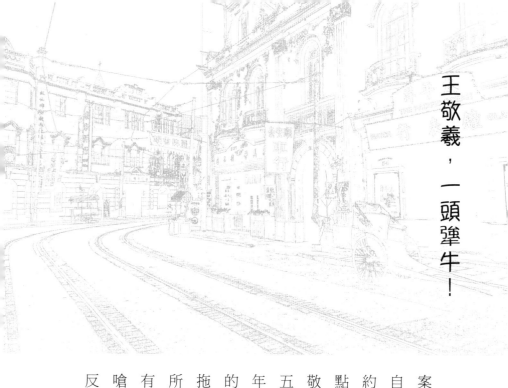

王敬義，一頭犟牛！

九〇年夏天，杲杲出日，其炙如刃，案頭電話忽響。一聽，是陌生男人嗓音，自稱「王敬義」，《南北極》月刊主編，想約我見面，還沒回話，已說出日期和地點，敬他是前輩，只好答允。這是我跟王敬義往來之始，此後五年，一年起碼見面五六十趟，自忖對他有一定的了解。〇八年，王敬義去世後，坊間出現了不少寫他的文章，褒貶相交，貶者指他剋扣版稅，拖欠印費，這些事，的確是有的，卻未如所說的糟。王敬義是一個性格很犟的人，有如一頭耕牛，直往前衝，不看左右，你嗆他，他比你更嗆，若你放低身子，他會反過來毫不吝嗇助你一把。

那趟邀我，是為約稿，他在我主編的

《花花公子》上看到有關寫真的文字，很感興趣，準備在《南北極》也刊發一篇相類的文章，希望我能動筆，我以「雜誌水準高，力有不逮」推卻了。他不以為忤，用半鹹半淡的廣東話說：「那只好我自己動筆了！」那最好，雖然這之前從沒跟王敬羲有來往，他的文章，看過不少。最欣賞的是他用「齊以正」筆名撰寫的《香港億萬富豪列傳》，生動深刻的文字，將富豪的容貌勾勒得栩栩如生，讀其書如見其人，我向他表示了「佩服」。他隔着眼鏡的雙眼一翻：「是真還是假？」似乎有點不相信。人人說王敬羲高傲，其實也有謙虛的一面。

王敬羲，江蘇青浦人，我的同鄉，可

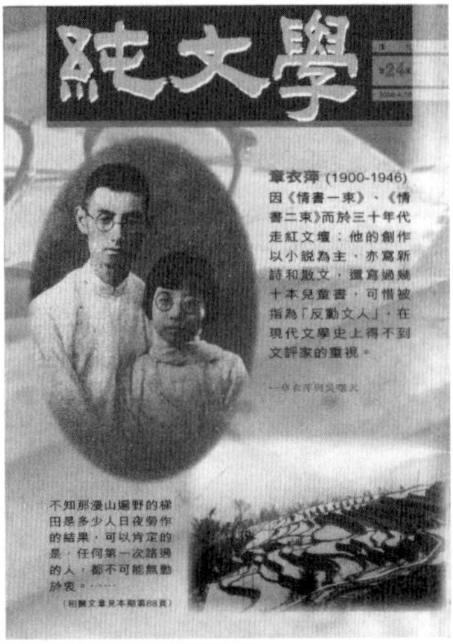

純文學
24
章衣萍 (1900-1946)
因《情書一束》、《情書二束》而於三十年代走紅文壇；他的創作以小說為主，亦寫新詩和散文，還寫過幾十本兒童書，可惜被指為「反動文人」，在現代文學史上得不到文評家的重視。
不知那漫山遍野的梯田是多少人日夜勞作的結果，可以肯定的是，任何第一次路過的人，都不可能無動於衷。……
(相關文章見本期第88頁)

●《純文學》

中國學生叢書
提燈的人
(詩集)
中國學生周報主編

●《提燈的人》

他不懂上海話，連國粵兩語都不靈光。王敬羲自己說：「我學話很笨，幾乎沒一種話講得標準。」我提異議，說：「你罵人時用的廣府粗話字正腔圓。」氣得他半死，掄起拳頭，作勢要打。跟王敬羲相交的人都知道他脾氣壞，動輒與人執拗，有一回，他請《南北極》的作者吃飯，馮兩努在座，不知怎的，話題扯到「感冒」，馮兩努以為患了感冒，不必吃藥，只消多喝水、多睡覺就好。王敬羲一聽，大不以為然，打開隨身公文箱，撿出一盒盒的藥，介紹說：「傷風丸，維他命，強心丸！馮兩努，你可知道，我能活到望甲之年，全靠它們！」馮兩努不忿氣，力言不要做藥丸的奴隸，王敬羲一聽，光火了：「馮兩努，你罵我是奴隸，那你是什麼？」此言一出，馮兩努窘住了，王敬羲的老朋友阿譚打圓場，千辛萬苦才把火頭捺下，是夜不歡而散。

其時，馮兩努正為《南北極》撰寫文章，我怕王敬羲會停他的稿，孰料，非但沒有發生這種事，還加了馮兩努的稿費。於是我明白王敬羲就是好爭一口氣，心術並不壞。後來，我開始為《南北極》翻譯井上靖的《敦煌》（井上靖是日本大作家，喜研中國文物、歷史，《敦煌》是他的力作）。不久，王敬羲約我到「凱悅酒店」大堂的咖啡館見面，要求我在譯文上多做些修飾，說我過於直譯，「信」是做到了，卻欠「雅、達」。他列舉了董橋翻譯的《再見，延安》說：「董橋的譯文做到了『信雅達』，你要好好學他！下趟，我送你一本《再見，延安》。」我唯唯否否，心裏嘀咕：「誰不知道翻譯要『信雅達』？能力所限，做不到啊！」過不了多少時，譯稿叫停，理由是《敦煌》已出了單行本。其實是王敬羲不滿我過於直譯，找個借口讓我好下台階，真夠熨貼！

王敬羲一介書生，既圓滑也好玩，有個時期，迷上了唱「卡啦OK」，拉我作伴，為啥？回答得好「你是浪子！」我真的受驚若寵，於是一班人就唱去了。我們去的是菲林明道那家小店，坐大堂，輪番上台唱，到王敬羲，他擺手，例不來。阿譚愛逗他，一定要他唱，不唱罰錢。王敬羲哇哇叫：「什麼錢？我罰酒！」旁邊的老闆娘插口：「王老闆，阿譚說的對，不罰酒，罰錢！」說也怪，剛才還頂得面紅耳綠的，老闆娘這一說，王敬羲竟乖乖答應了，柔聲問：「老闆娘，不唱罰多少，你說了算！」阿譚在王敬羲背後，伸出五根指頭，老闆娘會意：「王老闆是老闆嘛，罰五百，當請我們的女同事吃點心。」我乍一驚，王敬羲豈會就範？孰料王敬羲二話不說，打開皮夾包，抽出一張五百元，塞到老闆娘手上：「拿着！」真的聽話。那家小店，我們常常去，消費不大，老闆娘對我們的招呼卻好到無以復加，我有點詫異，沒必要如此熱情招待啊！跟王敬羲說了，他瞇着小眼睛，蠱惑地一笑：「那全歸功於我。」呀？你有什麼功？王敬羲低低說：「我永遠欠她一張單子。」怎麼回事？原來不知什麼時候，咱們的王老闆敬義跟老闆娘混熟了，簽了一張兩千元的單子，此後每來，先付欠款，離時再簽新賬。我問他緣何要如此做？他說：「浪子，你好笨！拖一筆，人家就一定對你好，怕你走了上筆賬。」我恍然大悟，難怪他永遠拖版稅、印刷費，就是要人家對他好，而非「賴賬」不付。

《花花公子》離職後，有個時期，我純靠賣文為生，王敬義知道了，主動聘請內子雲蒂到《南北極》當助理編輯，月薪六千，算是幫補我的經濟。上班不到兩個月，雲蒂跟我說那天下午同王敬義因廣告佣金吵了一架。聽了，很愕然，也不知如何處理，碰巧那夜王敬義邀飯，我準備臨時向他道個歉，豈料他一句也沒提吵架的事，哈哈呵呵，東拉西扯，談了半夜。第二天雲蒂下班回來，我問她事情到底如何？雲蒂說：「沒事呀！昨天我氣得王先生險些兒心臟病發，今天見面，他沒生氣，還要我好好地幹，佣金也給了！」後來，雲蒂常跟王敬義吵，不止是她，編輯朱小姐也抬槓，而《南北極》卻在吵吵鬧鬧底下，每期必準時出版。

我認識王敬義的那五、六年，他的心思都放在「賺錢」身上，荒廢了他的專業——創作。我看過他的小說《康同的歸來》、《奔潮山莊》，雜文《偶感錄》和《觀天集》，很欣賞他的文字風格，老前輩說過倘能專心一意地創作，絕對會是一個優秀的作家，這也就難怪王敬羲崖岸自高，瞧不起其他文人了。最後一趟跟王敬羲見面，是九六年的春天，他告訴我要移居廣州，臨別，送我一本譯作《幽默大師》（The Adventures of Mark Twain），眨眨眼：「浪子，好好看看王敬羲是怎樣譯的！」後來，我真的把它跟原著對看了，終於明白什麼是「信雅達」！敬羲兄，這方面我真的不及你！當年沒請你好好指教，是我的損失，如今已沒有這個機會了！那春日的一別，想不到是永訣。夜裏，想起王勃的詩：「心事同漂泊，生涯共苦辛，無論去與往，俱是夢中人。」老朋友，你猶在人間。

粥王何藩

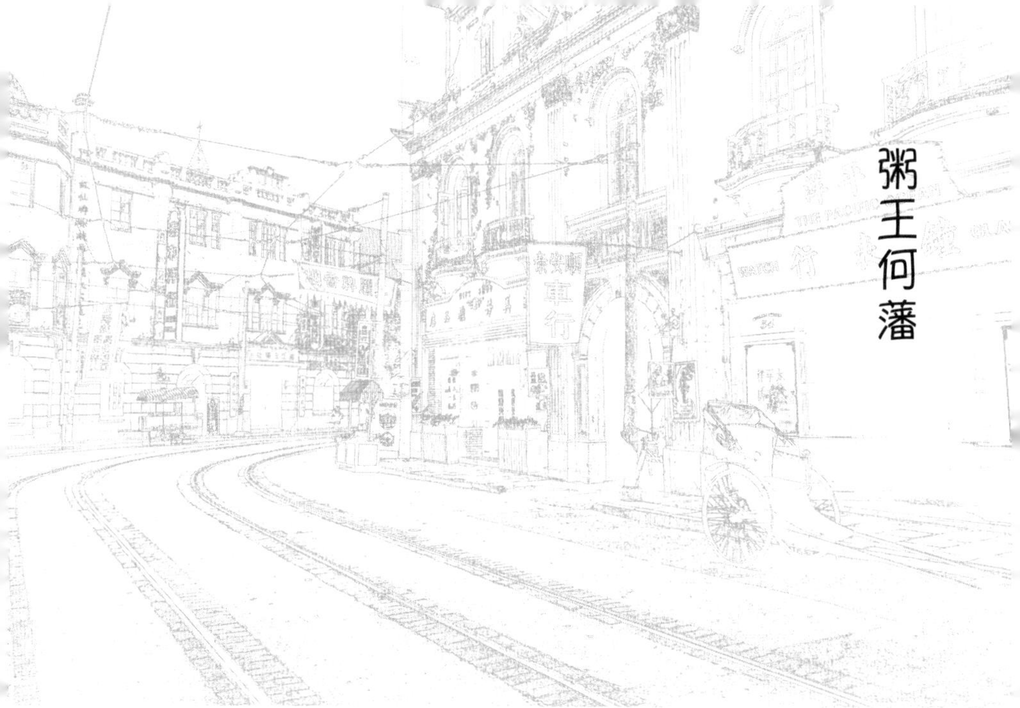

相比何藩的名導演、攝影大師頭銜，「粥王」名號顯得風馬牛不相及，緣由何在？看官不急，待我娓娓道來。

一個有雨黃昏，我站在那些照片面前，細心端詳，黑白相間，光影重疊，如漢庭老夫，暗挾風霜；又如絳雲在霄，舒展自如，久看不倦。喜歡〈失神〉裏的婦人，髮稀展歲月滄桑，不掩樸實；留戀〈姊妹情〉，女童揹幼妹，想起遠適澳洲的二姊；鍾情〈同舟共濟〉，懷念昔日香港精神，唉！褪色矣！謝謝何藩兄的照相機，給咱們保存了歷史風貌，這是他留給香港人一份情真義重的禮物。

八七年夏，「三寶」電影公司劉俊輝先生找我編劇本，彌敦道樓頭重遇何藩，

● 何藩

一見面，笑容可掬，握緊我手，熱情洋溢：「沈先生！多幫忙，多幫忙。」接着定睛看：「咦！我們以前見過面吧？」喲！記性真好！的確見過面，那是八二年、在尖沙嘴麗晶酒店，何藩為《危情》拍外景，由於有新藤惠美、小田薰，洋涇濱日語的我膽大擔任傳譯，紓解何藩的語言隔閡。電影才拍了兩天，再到酒店，何藩不見蹤影，我也隨之失業。重提此事，何藩沒怨言，連連說：「風格不同，沒法子，沒法子！」何藩崇唯美，老闆喜暴力，不搭架，拜拜！我們在「三寶」合作的電影名曰《慾焰濃情》，張采眉、李殿朗、潘震偉合演，電影說甚麼，印象早模糊，倒是何藩的赤腳模樣今猶記。何藩喜入室脫鞋襪，一如日本人，他說「回歸自然」，我看是率性真，也仿之，相視大笑。人人詈罵何藩拍三級片，語多刻薄，這也不盡言，何藩是文藝青年，迷實驗電影，拍過文藝愛情電影，第一部是七五年香港「恆生電影公司」的《昨夜星辰昨夜風》，孟飛、張琍敏合演。「恆生」老闆是包明和鄔運平，我因華山關係，認識「鄔老闆」，一個篤實的老好人，吳思遠也曾為彼效力，拍了《香港小教父》、《李小龍傳奇》、《十三號凶宅》等電影。八〇年何藩跟吳思遠合作拍攝《台北吾愛》，身兼編、導兩職（註：蔣芸女士為主要編劇），應采靈、王復室、王瀚合演，投資不大，卻拍出浪漫言情的效果。第三部是我在電視上看到的《罌粟》，大吃一驚，那是何藩嗎？風格全異，深沉，淒涼，誠是佳構。電影改編自蘇童原著小說，台灣演員戴于程、岳虹主演，崇山峻嶺，古樹參天，少數民族的風俗活現眼前。岳虹演苦命女人，委婉悲悒，教人垂淚到天明，這許是何藩最好的電影。話說過大半，筆管野了，何藩「粥王」美名何來？關子豈能再賣，說與看官聽！

拍攝《台北吾愛》時，工作人員都愛泡「台菜館」，當天鏡頭拍好，拉隊吃飯、消夜，台灣小館有個習例，頗類昔日香港小店「白飯任裝」，只易飯為粥而已。何藩嗜地瓜粥，一到店，就舀粥，人家一兩碗，何大師是一碗接一碗，連喝十來碗，枱上粥碗高疊，一如長梯通天花。既訂明任喝，老闆不能干涉，只是人人若此，不賠本才怪，老闆氣得雙眼翻白，比粥還白。何大師坦蕩蕩，管你東南西北風，我行我素，照喝如儀，每至十來碗，老闆臉黑。

何藩樂助人，朋友有求少有推卻，九〇年，我薦台灣女郎李月仙拍電影，彼不以伊沒經驗而納之，月仙在港拍了幾部，總算揚名，衣錦返台。何藩拍照有耐性，往往佇立街頭凡幾小時，只為捕捉一鏡頭；他又是《窈窕淑女》裏的力士夏里遜，成功地把平平無奇的丹娜（岑淑儀）小姐塑造成古銅膚色的性感野女郎，吸了不少男人的魂靈。順德原籍、上海出生的富家公子何藩去世時，一眾朋友致悼辭，言多感觸，獨喜吳宇森寫的那一句——「何藩！何其平凡，又何其不凡」，寥寥數語，道盡彼之一生。

翁靈文悄悄來去 留下一部書

想不到翁伯伯去世多年之後，小友黎漢傑不知從哪裏找來資料，編成一本《翁靈文訪談集》。我一口氣讀完這部遺著，很有閱讀愉悅的況味，可晃在眼前的盡是翁伯伯難忘的風采：笑容滿掬、吐屬有據、不卑不亢、誠懇溫文，揮之不易去。往事聯翩繞心中，時光倒流五十年，那個風止懊熱的夏天，老家來了兩男一女的訪客，其中一對是王植波、翁木蘭夫婦，男的俊，女的美，我看傻了眼；另一個跟在背後的中年人，揹着照相機，中等身材，不胖不瘦，舉手投足，滿溢書卷氣。爸爸管我叫他做翁伯伯，一喊幾十年，改不了。那天翁伯伯還特意為我照像，我站在客廳的火爐旁，臉上露着純真的笑容。照片不知放到哪兒了，大抵還留在老家吧，自此跟翁伯伯結下不解緣！

他極低調，從不提家世，他本是翁同龢的族人，問他，總說：「不提不提。」翁同龢乃同治、光緒老師，學識淵博，最為人樂道之事，是為楊乃武平反冤案，開了尊重法治的先河。

十來歲時，我常叨擾他，求帶往片場看拍戲，他為女明星照像，厚臉賴皮死跟。日本求學回來後，當上《大任》週刊編輯，老總孫寶毅開出訂單：訪問影界名人，助我一臂的，便是翁伯伯，忙中抽暇，東跑西奔的聯絡，因而成天黏着他拜訪文化界前輩，陳存仁、沈葦窗、陳蝶衣、高嶺梅、盧大方……都是通過翁伯伯方能親炙一二。他跟李翰祥、胡金銓也是深交，我因而有緣和他們做訪問，箇中經過，昔日有文記之，印象猶新。

在《大任》任職，薪水不夠開銷，於是閒時寫文章賺外快，因對中國電影史有興趣，便想來編一本。翁靈文要我參考程季華的《中國電影發展史》，並自薦當顧問。於是一老一少搭檔，日以繼夜編寫，通常是我寫好，交由他過目，遇資料模糊，拿捏不準，翁靈文便找岳楓爺爺幫忙，務求做到「真善美」。文章在《觀察家》連載，直到雜誌無力維持下去方止。那是十分愉快的經歷，我跟翁靈文許多時在尖沙咀「蘭宮」

●《翁靈文訪談集》書影

開卷月刊　Vol.2 No.9（總第16期）　APR. 1980

愛書·買書·藏書

尋尋覓覓以書會友的許定銘

靈文

十年辛苦不尋常

版本比較有發現

44

●翁靈文訪問許定銘，見杜漸編的《開卷》

酒店的小咖啡館對稿，我喝濃咖啡，他啜香茶，偶然在座的還有佟林和王沖。而有關翁靈文的趣事，也就在這裏開展了。一個寒風朔朔的下午，我們幾個人又孵在「蘭宮」，談天說地，興頭正濃，忽地，侍者走近翁靈文身邊：「翁先生！請聽電話！」翁靈文一愣，跑去聽。未幾，興沖沖回來說：「對不起！我先走一步，待會『仙宮樓』吃飯，不用等我了！」啥事體！走得這般急？佟林一把拉住不讓走，除非說出老實話。翁靈文甩不掉，實話實說：「剛才鍾情打電話來，說家裏的小枱燈壞了，教我買個給她送去！」嘩！有沒有搞錯？佟林跳起來：「小野貓家在汀九呀！老翁！」從尖沙咀到汀九，那是什麼路程？交通隔涉不好走。翁靈文擺擺手：「阿佟！不行了，我得趕緊送去！」剛說完，人已不見，步速快過馬拉松跑手。

過兩天我問翁靈文那天怎麼了，鍾情有留飯嗎？翁靈文說：「沒有！燈送到，她謝我一句，那夠了！」臉上甜絲絲。佟林、王沖嘀咕，（做了觀音兵還沾沾自喜哪！）老翁就是那樣從不計較、樂於助人的熱心人。他喜歡女人，卻只限於欣賞，不僅善待鍾情，林黛、林翠、夏夢、葉楓，他都樂為她們造像，刊在《幸福》電影月刊。我曾陪他去過兩三次，敬謝不敏，那些大明星，難侍候，我沒耐性。翁靈文總訓我：「關琦！做人要有耐性，你定不下來，文章做不好！」真是目光如炬，到現在文章還是不行。九十年代末，翁靈文的身體衰退了，他改當「無綫」的公關顧問。每年十一月台慶，都幫忙籌劃傳媒晚宴，每趟都請我去，我見他一次比一次的衰弱，真為他擔憂。「翁伯伯！你身體咋啦？」每趟他都淡淡一笑：「沒事！死不了！」其實那時候他的肺部已出現了毛病。他去世的前幾個月，我為一篇文章找資料，跑到他「寶寧」大廈的家，進門，嚇呆了，一片書海，汪汪洋洋，地上、枱上、沙發上全是書。翁靈文佝僂着背幫我找，忙了好一陣，挖出一本舊書顫顫抖抖塞進我手：「關琦！好好寫！」這是我見到他的最後一面，也是聽到的最後聲音。他去世我不知道，只聽翁伯伯子嗣翁午說了父親的遺言——「我有那麼多的朋友，我活得開心。」沒有隆重的喪禮，也沒追悼會，志摩說：「悄悄的我走了，正如我悄悄的來！」雲彩不帶走，書也沒帶走！

說回這本訪談集，翁伯伯本身學識豐富，卻是惜墨如金，勸他閒時寫一些文人雅士的小品，總笑着推卻：「下回吧！」身為翁伯伯的忠實隨從，我大抵也只看過他寫的那篇〈劉以鬯愛書成痴〉，全因是收錄在拙著《香港名作家韻事》裏面才看到的。翁伯伯的文字是寫實的，跟他做人一樣，不溫不火，樸實持平。想看鴻詞麗句，刻骨描述，對不起，全都欠奉。惟平凡中見真摯，記述人物，俱發自內心，洋溢着他跟筆下人物的深厚情誼。喜歡書中的〈大導演李翰祥披沙瀝金覓佳書〉和〈胡金銓藏書破萬卷〉，兩位都是我尊重的前輩，過從當中，得益匪少。李翰祥引導我如何看待江戶浮世繪；胡金銓則教我認識了老舍，去韓國拍外景，特意邀我為他續篇講老舍。厚誼隆情，當不是說一聲「謝謝」所能了。

夜闌掩卷，方知翁伯伯並不疏懶，書中有好幾篇文章是發表在七十年代的《明報月刊》裏。其時我還未為《明月》供稿，唉！漏眼了。八十年代的文章又多刊在《開卷》，可惜我未看過這本雜誌。說翁伯伯「惜墨如金」實是我輕率的誤解，在這裏要向天上的翁伯伯說一聲「對不起」。梧桐葉落，遙念翁伯伯，秋寒悲風，咱們讀好書。

聲光迷夢

別矣！小咪姊！

先是老歌歌迷會的 Eric 君來電，問李麗華女士仙逝之事確否？繼而友人傳來新加坡管雪梅女士的記事，證實了消息。至此香港各大報章陸續發表噩耗，老影迷們同掬一眶眼淚。老大哥翁午今年八十，見過李麗華，也在微訊朋友圈發佈消息，看到後，致電翁午，他欷歔地說：「人老總歸走這條路，九十三了，夫復何求！」問緣何得識李麗華？他道：「我跟她拍過一部電影！」哇塞！這麼棒！往下說：「那是《誤佳期》，黑白電影，我十二三歲，當個茄哩啡，有幾場戲跟小咪姊同場。」《誤佳期》是「龍馬」影業公司一九五一年的電影，朱石麟導演，李麗華、韓非合演，翁午在電影裏飾演一個喇叭手，個子小小，吹大大喇叭，形象滑稽。翁午健談，話匣子打開，滔滔不停：「這電影有濃烈的社會主義味道，講團結就是力量，迎合當年左派路線。」李麗華四八年來港，加入「長城」，許多人誤以為「長城」是左派電影公司，實則不然。主政者張善琨，是上海孤島時期的電影大亨，聰敏絕頂，主意多多，人稱噱頭大王，思想右傾，表面從川喜多長政合組「華影」，暗通重慶。光復後，被目為漢奸，查明事實，回復清白，挾資南下香港組「長城」，並無左派色彩。後與袁仰安意見不合，離「長城」另組「新華」，自此「長城」左傾，小生傅奇，花旦夏夢，名重一時。

我無緣目睹李麗華風采，問為人何

麗質天生銀海揚名，華氣別具紅塵留影

如？朗聲道：「小咪姊可沒架子，談吐蘊藉，為人和氣，我在永華片場做錄音，小咪姊來拍戲，見到我，總愛跟我聊，她一口正宗京片子，我也是這個腔，特別投契。」我好奇問：「翁哥！李麗華漂亮嗎？」翁午回道：「在我眼裏，漂亮，面如滿月，膚若凝脂，廣東人說『一白遮三醜』，西城！你明白的！」肌如雪，膚似棉，這樣的女人哪能不美！閉上眼，小咪姊的花容月貌立時浮現眼前。想起《楊貴妃》中的華清池出浴，雲鬢惺忪，輕紗籠體，身段玲瓏新浴後，淡脂殘粉不成裝，別饒風韻。李翰祥誇她道：「小咪姐是我前輩，能導她的戲，乃我畢生榮幸，女明星中論風韻、演技，無人能及。」李翰祥說李麗華雖然紅，拍戲從不遲到，總是早到，尊重導演，友愛同事，沒大明星架子。翁午聊起小咪姊，住不了口：「我老爸跟小咪姊關係不比一般——」一聽，愣住，莫非內有蹺蹊？往下聽吧！「小咪姊那時候拍電影賺了不少錢，收入豐，稅局自然盯上她，她不懂報稅，碰巧老爸有個朋友是會計，於是幫上忙。我每年總有一趟跟小咪姊吃飯，老爸帶去的。」呀呀！這關係可真不比尋常呀！報章娛樂版提起前年李麗華獲頒金馬影展終身成就獎的往事，看了感觸，原本該是那年四月香港金像獎先頒的，囿於人事遂告廢。金馬影展由成龍跪地頒獎座與李麗華，李麗華心情緊張，手軟無力，成龍從旁幫一把，為她舉起手致謝。其時，長青樹小咪姊已不善言語了。會後，李麗華歡宴眾人，列席有李行、吳思遠、李安、孫越、楊凡等人，那是李麗華最後一趟公開露面。小咪姊去世後，千金張女士告吳思遠亡母因彼之力獲頒兩個終身成就獎，心願已了，再無遺憾。老影迷徐霊撰悼聯云：「麗質天生銀海揚名，華氣別具紅塵留影」，不計工拙，確切。

阮玲玉周璇遇人不淑最堪憐

女星遇人不淑，今昔皆有，先說昔，後道今！一九三五年三月八日滬上紅星阮玲玉自殺，哀悼全國。據報，阮玲玉是在八日凌晨三時左右用一碗麵夾着大量安眠藥片自殺，送院急救，醫生將伊裸體浸入浴盆搶救不果，香消玉殞。三月十四日出殯，上海擠滿觀看的人群，靈柩卜葬閘北柳營路聯義山莊，享年二十四歲，天妒紅顏，自古皆然。阮玲玉出身貧苦，陳定山先生記曰——「年輕時跟她母親在上海一家姓張的住宅作女傭，被少爺看上了，經過一番追求，兩人便在外共賦同居。誰知，張家少爺達民是個不務正業的傢伙，正如現在的阿飛們，整天在外胡混，使到阮玲玉的生活也發生問題。在偶然的機會下，她投進了電影，誰知很快便竄紅，因此更令張少爺經常返家挹金龜（榨錢），阮因此便和他分居，其後認識了唐季珊，而因此就惹起外間指她貪慕虛榮。在不堪打擊之下，阮玲玉便服毒喪生了。」阮玲玉死後，留下遺書三通，交代求死真相。信函真偽，歷來眾說紛紜。一封指控張達民是殺人元兇；另外一封，流傳最廣，便是——「唉！我一死何足怕，不過還是怕人言可畏了。阮玲玉絕筆。」今人說阮玲玉，只感嘆於她的薄命，實則更可悲者是「遇人不淑」。

「金嗓子」周璇小阮玲玉十歲，同樣早夭，三十七歲時便去世。周璇比阮玲玉更紅，歌影雙棲，一部《馬路天使》，轟

● 阮玲玉（左），周璇（右）。

● 阮玲玉（左），周璇（右）。

動全國，一曲《何日君再來》，聞名天下，直到今日，也難有女星能比擬。可她命運坎坷，本生於書香世家，卻被舅父拐賣到金壇縣，自此跟親生父母失散。六歲為上海周家收養，改名周小紅。如今說周璇踏入娛樂圈，得力自黎錦暉的「明月」歌舞團，實則不然。周璇初露頭角，始於陳定山的李樹德堂電台，三五年，話劇名宿陳大悲倡觀音戲（即播音話劇）《紅花瓶》，定公記其事云——「其時王人美、白虹、胡茄、黎莉莉已為四天王，每天在我家裏翻筋斗、唱歌、彈琴、吃糖炒栗子，但無一人合於觀音戲者。於是求之於老畫師丁悚，丁悚說：『有一個鄉下女孩叫周璇的，倒很可以造就，要不要讓她來試試？』第二天，周璇就到電台來了。她是一個十五歲的小姑娘，頭髮齊齊的剪成同花頭，面孔黃黃的，很瘦，兩隻大眼睛，閃閃地像兩顆黑寶石，倒非常可愛。拿了一本黎錦暉的歌譜給她，她選了一支《可憐的秋香》，大悲彈動鋼琴，她只唱了一句，大悲搖搖頭說：『這音帶太低了，恐怕不成。』丁悚說：『不然。播音用不着高聲帶，我在百代灌片，有此經驗。而且你是觀音戲，不是唱歌，她的磁音很美，一定收效。』大悲又問我要了一張『無敵牌的廣告』叫她當報告員。播了三天，反應來了。都說這個報告員是誰，聲音好美呀。所以說，電台上的女報告員是從周璇開始的。」從此周璇由電台播音漸跨到歌星首席，進而奠定紅星寶座。可以說丁悚、陳大悲是周璇的伯樂，可大悲從無私人提及，周璇也沒向人提起。抗戰時陳大悲窮愁潦倒，客死武漢，那時周璇正跟陳雲裳、李香蘭拍攝《萬世流芳》，鋒芒畢露。女徒成名，老師客死，悲哉！

周璇有四段為人所知戀情，初嫁「桃花太子」嚴華，離異告終；後與喜劇聖手石揮相戀，其情不長。四十年代中周璇上海、香港兩面走，結識拆白黨綢緞商人朱懷德，慘遭騙財騙色，精神大受打擊，五一年夏天在上海拍攝《和平鴿》，精神病突發，入虹橋療養院，六年後康復出院。其間又戀上美工唐棣，惜唐君遭控判刑，周璇健康日壞，五七年九月二十二日因急性腦膜炎去世。（註：一說周之死實是服用抗精神藥物引起副作用所致。）昔阮、周兩大紅星，同受男人之苦，以論今日，吳綺莉當為代表。九十年代末，戀上一個不該戀的成龍，生下卓琳，十八年來一手撫養，近日母女反目，吳被捕，女失蹤後入院，生活顛困，卻又得不到成龍半點援手，正是：遇人不淑最堪憐，一生猶如火中蓮！

後記：周氏婚姻實為五段，一任丈夫為香港性格演員曾楚霖，兩人生有一子。

一道白光

葉楓歌《桃李爭春》，人間仙籟，原唱白光更妙——「窗外海連天，窗內春如海，人兒帶醉態……」歌未已，我已醉。《桃李爭春》一九四三年上海「中聯」攝製，白光以外，還有南人北相的陳雲裳。白光演蕩婦，眼波流，半帶羞，花樣的妖豔，柳樣的柔，勾盡天下男人心，樹立一代妖姬形象。白光對電影，並無依戀，念念不忘的是歌曲原作者陳歌辛，誇是罕有天才，子不如父：「那（陳鋼）就比爸爸差得遠啦，這個東西要天給，唱大戲也一樣，一大半要天給，然後你就努力。你想要唱一百分哪，天沒有五十分給你，你不可能唱到一百分，有時候天只給你十分，你怎麼樣努力，你只有六十分，你要想一百分就老天爺一定要給你五十分。」這番話是白光九十年代中期接受曾慶瑜訪問時所說，我抄錄下來作為座右銘。不僅唱歌如是，任何創作都一樣，沒天分，做不好。白光率直坦誠，直言陳鋼不如陳歌辛，換上一般前輩，自是講門面話，說小兒有老爸天分，乃可造之材，白光不打誑，教人敬佩。曾慶瑜把握時機，要求白光唱幾句，年逾七十，聽得點唱，臉上仍露嬌憨微笑——「好吧！我試試！」唱了幾句《桃李爭春》，音韻猶存。

白光原名史永芬，河北涿州人，幼喜演戲，看到報上電影公司招考演員廣告，活潑、大膽的她立馬報名被取錄。為進修演技，三七年進日本東京女子大學藝術

●上官靈鳳、林沖、白光（由左至右）

系，拜名聲樂家三浦環為師，《恨不相逢未嫁時》的李香蘭是她同學。因懂日本話，白光拍了辱華電影——《東亞和平之道》，抗戰勝利，未被視為漢奸，余友黃天始說：「白光真有本事，連李麗華都受牽連，她卻安然無恙。」七十年代在日本朋友家中看過白光跟池部良合演的日本電影《戀之蘭燈》，三十風華，醇如美酒。著名導演岳楓是白光的伯樂，白光三部傳世傑作《戀之火》、《蕩婦心》、《血染海棠紅》，皆出自岳老爺之手。多年前，拜訪岳老爺，聊起白光、李香蘭，我以兩人風格近似，岳老爺細細分析——「白光粉面生春，雲鬢疊翠，天生麗質，坐着不動，男人魂飛魄散；李香蘭明媚玲瓏，笑臉生花，口帶蘭麝，哥兒心如鹿撞，乍看相似，實則有別。」岳老爺閱女星多耳，自是肺腑之言。翁靈文曾為白光造像，他說——「看到她，我幾乎透不過氣，那股濃濃烈烈的女人味，關琦呀！我真的頂不過去。」真有如此厲害嗎？父親四十年代在上海，見過白光——「她是一個讓男人痴迷、教女人痛恨的女人。」女人不壞，男人不愛，銀幕上傳奇演繹，私底下也是浪漫不羈。十八歲下嫁焦克剛，接住離婚，此後人生便是訂婚、解婚、結婚、離婚，心灰意冷了，誓言永不結婚，卻在六九年吉隆坡演唱時得林沖之介遇上年輕影迷顏良龍，為彼真誠感動，重墮愛河，廝守三十年，終獲夢寐以求的愛情。（註：有關白光、林沖交往，另文誌之。）

白光五九年告別影壇，是年即不幸患上血癌，奮力抗病成功，復又得子宮癌，臥床三個月，惟九九年還是不敵癌魔，腸癌奪去性命，死後卜葬馬來西亞富貴山莊。滬上趙士薈先生這樣記載——「一年之後，白光的陵墓在原地落成，墓地寬敞，佔有九個雙人墓穴，由中國設計師精心設計，材料也全部從中國進口，整個建築顯得美觀而莊嚴；正中是白光的圓框遺像，靚麗動人的笑容栩栩如生；左首墓碑刻有『一代妖姬白光永芬史氏之墓』，具名是『永遠愛你的知心人顏良龍立』，左右用楷體大字雕刻着一副對聯：『相好莊嚴，智慧殊勝』，下面的橫幅是：『如意寶珠』四個大字。」墓誌銘下面鑄有黑白琴鍵，按動石級上的琴鍵，會響起《如果沒有你》的歌聲——「如果沒有你，日子怎麼過……。」黃昏，雲生東南，霧降西北，一陣大雨，窗前花草皆濕，少頃雨歇，天外殘虹，我低吟：「白光姊！如果沒有你，歌迷怎麼過？」

林沖．白光喜相逢

〈一道白光〉提到白光跟林沖之間的友情，堪可一記。六二年，林沖進入日本人學藝術系影劇科，鑽研演技，雖然在台灣拍過多部台語電影，已備基本演出經驗。到日本後，方知學而後之不足，為求進一步發展，林沖再揹書包當學生。其間不幸，家道中落，經濟拮据，復要照顧弟妹，只好半工半讀，充當嚮導，又任李湄通譯，冒血汗，賺生活。幸運之神眷顧，得菊田一夫賞識，當上明星並參演寶塚歌劇團的舞台劇《香港》，有了一定知名度，晚上便在東京的夜總會當歌手。林沖興沖沖地說：「西城！那時候可真熱鬧，每晚都滿座，捧場客四面八方湧來，我樂翻了！」一閃亮晚禮服，斑斕孔雀毛，天生潘安貌，女人迷，男人也迷。他唱日本歌、閩南歌、國語歌，尤以邊跳邊唱《高山青》，全場傾倒。一曲畢，掌聲雷動，林沖深深鞠躬，樂在心中。日本生活，白天上學，晚上唱歌，勞碌辛苦，快活實在。

「六二年某天，應該是六月吧！我如常在台上唱歌『高山青，澗水藍，阿里山的姑娘，美如水呀……』無意中向台下一瞥，視線被吸住了，再也移不開！那……那不是白光？大明星，我的偶像呀！真是她嗎？我邊唱邊細心看！對！沒錯，的確是她，濃密的黑頭髮，婀娜的美身段，笑靨如花，那是白光獨有。看呀看，幾乎跑調！」通過長途電話，林沖向

● 白光與林沖

我細訴初遇白光的情景。他說我聽，聽得入神。

白光是偕同一個大老闆來的，坐在台下，兩眼定定地看着林沖演出。歌舞剛畢，經理走過來要林沖過去打招呼——「我是一邊喜一邊驚，大明星呀！要見我，那可不得了呵！」坐下後，白光便讚表演得不錯，鼓勵他多唱。「為甚麼白光對你這麼好呀？」我好奇地問。林沖回道：「也許大家都是中國人吧！他鄉遇故知，倍覺親切。」夜總會裏喜相逢，掀起他鄉一段緣，白光喉嚨痛，請林沖陪她看醫生，林沖老日本，義不容辭，從此「常常喝茶聊天」。「後來我到橫濱讀賣遊樂園的劇場表演，白光不惜從東京趕來捧場，穿着豹皮大衣跟我合影了一幀照片（註：照片仍存，網上可看到），西城！明天我給你傳過來。」照片裏，四十出頭的白光，肌膚豐腴，暗帶風情月意，不負一代妖姬美名；而林沖，二十來歲小伙子，身穿白茄克、黑長褲，踏皮靴，頭頂架太陽眼鏡，博浪風流。看到這張照片，不禁興起「潘安、尤物」之嘆。

六九年，林沖到香港，鬻唱於九龍「海天」夜總會，歌迷蜂擁而至，立無隙地，座無虛設，一炮而紅。「邵氏」算盤精，見獵心喜，邀林沖拍攝《大盜歌王》，張徹執導筒，襯以何莉莉，這是當年「邵氏」的鑽石陣容。電影中有主題曲《鑽石》，黃福齡作曲，張徹配詞，林沖主唱。嘿！問題來了，林沖國語一如柯俊雄，台灣口音重，難聽，張徹找來高寶樹、白光「鑽石、鑽石亮晶晶」一字一字教，一音一音調。姊弟重相逢，重相逢，彷彿在夢中，其實不是夢。無巧不成書，兩人同棲山林道，林沖街首，白光巷尾，常相過從，林沖訪白光家，白光禮尚往來，一來一往，友情更深。「白光姊是一個心直口快的人，坦白大膽，心中不藏話。」我促狹問林沖可有喜歡過白光？他呵呵笑：「那不行呀！年紀相差太大了，她是我偶像呀！」年齡是差距？那又不盡然，顏良龍小白光二十六年，還不是修成正果？林沖俊，心地好，是他引薦了白光與顏良龍相識。跟「邵氏」解約後，林沖在吉隆坡「五月花」登台，老闆顏老五（良龍五哥）要求林沖介紹香港歌星來客串，林沖立刻想起《戀之火》的白光。詎料良龍見白光，驚為天人；白光遇良龍，凡心播動，兩人依偎結伴遊美國、歐洲，終成美眷。林沖近日動了腿部手術，往新加坡妹妹家休養兩周，現已復原，健步如飛，重回舞台，大盜歌王，心繫鑽石，永不言休！

後記：我的好大哥林沖，生命力強，屢屢進出醫院，仍然勇剋病魔，住院他長壽。

吳鶯音智退黃金榮

時維抗戰勝利後上海，夜幕低垂，華燈早上，仙樂斯舞廳堂皇典麗，銀燈瀉月，琴台映以足燈，舞池施以亮磚，紅男綠女，薄酒起舞。紅得發紫的吳鶯音手握米高峰，用低沉的鼻音訴唱着《斷腸紅》——「陣陣的春風，吹開了斷腸紅，片片的甜蜜記憶，重回到我心中……」一聲新雁三更雨，何處愁人不斷腸。音樂止了，下台正想轉身進休息室，忽地經理匆匆跑過來，喊着：「吳小姐！吳小姐！等一息！」吳鶯音止步回眸：「啥事體？」經理氣喘喘道：「有個客人想請你過去坐坐！」吳鶯音柳眉一抬，暗忖：「我唱歌從不坐枱子，儂又勿是勿曉得！」當下望向經理，投目示意。經理會意說：「我當然曉得，只不過，這個客人……客……人，勿好得罪！」管你是哪個大好佬（名人），本姑娘就是來個不理睬，一扭腰，逕往後台走。經理急跺腳，暗罵：「小娘皮，弗曉得人情世故。」

回到休息室，吳鶯音吁口氣，吃口茶，還未舒齊，經理又奔進來。吳鶯音惱了，鳳眼一睜，瞪着經理，只見他背後跟着一個胖嘟嘟的中年男人，有點兒眼熟，卻想不起是誰。經理走到身邊，低聲叮囑：「吳小姐！黃先生來看你！儂有的分寸！」聽得「黃先生」三個字，吳鶯音的心咯登了一下，對方非別，乃是赫赫有名的上海灘大亨黃金榮。這時男人走了過來，十分客氣地道：「吳小姐！儂歌唱得

● 吳鶯音唱片

真好，我聽勒幾夜天，手板拍腫，叫關好，好，好！」豎起大拇指，不停誇讚，伸手握住玉手，吃吃笑：「喲！吳小姐！儂格手又嫩又白！」吳鶯音心裏吃驚，表面平靜，微笑稱謝。黃金榮接着說：「我想請吳小姐吃個消夜，勿曉得阿賞面？」一聽，嚇煞。老實說，跟上海第一大亨出外吃消夜，正是不少夜生活女人夢寐以求的事兒，可阿啦弗是戛種女人，勿來伲(不行)。吃消夜是個幌子，吃完之後，當有下文，要死快哉！怎麼辦？心裏千轉百迴，靈機一觸，淺笑一下：「謝謝黃先生賞面，我先謝過——」聽得這樣說，黃金榮一張麻皮臉綻起春風似的笑容，鴻鵠將至呀！搓搓手，心癢難熬。接下來，吳鶯音櫻口噏張，婉語辭遜：「真弗巧，家母今早生毛病，我落場要趕回去看顧，包車勒外頭等我。黃先生！儂弗想我弗孝順唄！下趟我請你吃消夜，好弗？」得體合度，本想揩油的黃金榮，不能不顧全身分，只好陪笑說：「好好好！下一趟，下一趟我來請！」如獲大赦，吳鶯音坐上包車，吩咐車伕：「拉快啲！」包車箭也似地走在上海夜霧中。

機智化厄，鶯音了得。五七年吳鶯音來港收取唱片版稅，一群「百代」好姊妹夜宴於灣畔「東興樓」，觥籌交錯，杯起杯落，怡悅一片。忽地音樂台上鼓聲雷動，夜總會經理走上來大聲宣佈：「各位來賓！今天晚上本夜總會十分榮幸，接待了一代歌后吳鶯音小姐——」此言一出，場上男女客人個個游目四顧，要看看這位隔別十多載的歌后身影何在？經理往下說：「我們現在邀請吳小姐為我們高歌一曲，好嗎！」言方畢，四座掌聲起，大多數客人從未睹芳容，只好邊鼓掌邊叫：「吳鶯音！吳鶯音！」吳鶯音聽得柳眉蹙（弗懂規矩），滬上大歌星不作興客串獻歌，吳鶯音豈能免俗，咋辦？一擰粉頸，計上心頭，立即用尖八度的聲音大叫：「哎喲！吳鶯音在哪兒呀，在哪兒呀？」天哪！賊喊捉賊，人人都隨她的目光四處搜尋，何來有吳鶯音？八十年代初，我唔吳阿姐於銅鑼灣「鄉村飯店」，同座有詞聖蝶老、「花描」小汪、許佩老師，蝶老望着吳鶯音說：「小滑頭，十幾年弗看見，還是活落（靈巧）！」吳鶯音啐了口：「弗對！蝶老！你講錯閒話！要罰酒！」蝶老一怔，吳鶯音接說：「現在我是老滑頭，要罰哇？」蝶老聞言，不住點頭：「對對對，要罰！」盡呷酒半杯。辰光過得快，吳阿姐去世多時，明月千里寄相思，相思寄於明月中！

這就是方逸華

對面走過來一個女人，頎身玉立，皓齒明眸，異常出眾。十歲的我，已懂分辨女性的美，忍不住多打量幾眼，這時耳邊響起母親招應的嗓音：「哎喲！方小姐！你到哪裏得去？」女人止了步，沙啞地答道：「葉太太！我去修高跟皮鞋！」我看到叫方小姐的女人手上正挽着兩對高跟鞋子：「脫了底，去叫老皮匠打個掌。」方小姐揚了揚高跟鞋子，一黑一紅。母親喲的嚷起來：「方小姐！儂真節省，高跟皮鞋壞脫，換過一對便好！到『華納』去買呀！」母親指指身後的一家皮鞋店，那是英皇道上的名店。方小姐搖搖頭：「太貴，太貴！」就此踅入名園西街，閃進一條橫弄找老皮匠去了。

母親口裏的「方小姐」，就是「六嬸」方逸華，其時駐唱「香檳」酒樓夜總會，店為先父舊部下黃瑞麟所開，母親隔週去捧場，因而跟方逸華善。母親不止一次在我面前誇獎方逸華：「方阿姨節儉，儂要學，銅鈿勿可以亂用！」（我當耳邊風，不但亂用還脫底，如今家無恆產。）我聽過方逸華的歌，擅唱西曲，有香港「柏蒂．佩芝」的美譽，「香檳」台柱，跟另一方（方靜音）齊名。

方逸華十七歲時在南洋遇到邵逸夫，六叔聽完歌，驚為天人，召她到枱前傾談，種下情苗，天不老，情難絕，擾擾攘攘五十年，方修成正果。我在〈音樂老小子〉一文裏，說過方逸華看相的軼事，足

方逸華

見人命天定，有誰會想到方逸華日後成為億萬富婆，權傾娛樂圈。

七十年代中，我為「邵氏」編劇本，常見到方小姐，那時，她跟胞妹 Jenny 同住在清水灣「碧莎」別墅。小洋房一幢，兩層高，屋前有個小花園，花木扶疏，清潔幽靜，遂成為咱們談劇本之所。華山、李柏齡、何永霖……一伙青年，在佈置優雅的方家客廳高談闊論聊劇本，各人性格不同，我性急，說話有如機關槍，狂掃一輪，旁人難置喙；華山靦腆，沉默不多言；柏齡靈巧，常有鬼點子；永霖片務經驗豐，話少建議多，偶爾爭持不下，方小姐就打圓場：「先喝點水、吃些東西，慢慢聊，這事兒急不了！」方小姐一開腔，咱們都按下性子，吃傭人送上的點心，有時也會喝一點啤酒。報上報道方小姐豪邁大膽，赤腳走進澳門賭場，嘿嘿！比起我見的，那真是小兒科。有一回，劇本談累了，夜深遇雨，清水灣回市區不便，眾人躊躇，方小姐便說：「你們不嫌侷促，那就睡這裏吧！」語畢，第一個倒在客廳地毯上，納頭便睡，根本不把我們幾個青年小伙子當回事。這樣，華山、柏齡、我就戰戰兢兢地陪着方小姐過了一夜，翌晨才各自打道回府。方小姐微笑地送我們出門口，叮嚀着：「回去好好睡，身體緊要。」永遠是和和氣氣，就像一個大姐姐。我膽子大，一回問方小姐到底喜歡邵爵士甚麼？方小姐說出肺腑之言：「我仰慕他，敬重他。」在她眼中，邵爵士不是一個平凡的人，頭腦冷靜，臨危不亂，尤其是兒子被綁臨場顯露出來的鎮定，令她傾心。

今夜月濛濛，冬風拂面寒，細聽方小姐沙啞磁性的歌聲：「春去秋來，時光荏苒，憧憬已渺，夢兒已殘，小船哪小船，不復昔日的光輝燦爛……」我入夢，夢見跟方小姐聊劇本，華山、柏齡、永霖，盡現眼前。唉！時光荏苒，已是四十多年前的事了！

中秋夜談李香蘭

中秋月皎潔，難得日友高橋遠道來訪，與作竟夕談，療我寂寥，不勝快意。兩人合計一百三十八歲，談興未因年邁而退減，孵在小咖啡館裏，一聊三小時。這個中秋，畢生難忘。三個小時，聊些什麼呢？專注高雅，避談俗事，只說歌星、文學。高橋早稻田畢業，早歲報館工作，後轉赴電視台，製作節目數十載。近況如何？爽朗回說：「現在，我是啃老一族。吃老媽、喝老媽、住老媽，哈哈哈！」老媽今年九十一，同住好照拂。現職又若何？古惑一笑：「無正業呀，四處遊蕩，今天北京，後日香港、台灣！不勞你駕！」

高橋家獨子，自幼溺愛，終成浪蕩

兒，我羨慕得緊。大學途中，遠赴北京研習中國風土人情，能說國語，善寫中文，尤精於舊日上海歌壇往事，文章散見日本、香港各大報章。早年，我寫了兩三篇李香蘭女史的文章，其中有涉及李香蘭得唱《夜來香》的始末詳情，高橋誤以為我是專家，跑來找我，要提供李香蘭的絕密資料。他哪知道我只是南郭先生，搭搭腳，賺幾文稿費而已。講掌故，萬萬比不上台灣的蔡登山兄，可他多做文人事跡，對歌壇、歌星興趣不大，高橋鴻文難覓發表地盤。

酒過三巡，高橋說話滔滔不絕，順口給我說了一樁逸事，李香蘭生前最後那幾年，高橋常伴隨伊人左右，李香蘭跑來香

●當年的李香蘭

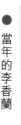

港找老姊妹姚莉敘契闊，高橋驢前馬後，殷勤引路。長日相陪，因而聽到了別人無從知道的李香蘭秘事。李香蘭駕鶴西歸後，高橋奔走於北京、上海，意欲籌劃一個《李香蘭傳奇》的舞台劇。商諸香港商界，大多乘興而來，敗興而歸，東洋武士道精神，終不敵香港市儈。高橋高橋，你知不知道商人最重利？錢賺好商量，錢沒得賺，滾你媽的蛋。那夜，高橋發了一陣子牢騷，心情並不好，舉起酒杯：「老哥哥，咱們喝酒吧！」仰着脖子，啤酒盡往喉嚨裏倒，語調悽愴悲楚，看在我眼裏，是一片荒涼。

賣出前夕，高橋用大貨車，漏夜將李香蘭生前照片、日記、文物等分裝六大箱，一併運往川喜多長政紀念館資料室封存收藏。高橋無限感慨：「沈桑，這都是舊日上海歌壇最珍貴的資料呀，李香蘭的弟、妹根本就不知珍惜，任意擺放。他們讓我保留，這是天大好事。」

高橋說在這堆遺物裏，有香港吳思遠、李翰祥分別寫給李香蘭的信，要求合作拍攝《李香蘭傳》。吳思遠耗盡心血籌劃，條件談得七七八八時，李翰祥橫插一杆，拜託「滿映」（滿洲映畫協會）李香蘭先輩洽談合作事宜，遂調轉槍頭，投向李翰祥的懷抱。不料，李香蘭跌了眼鏡，其時李翰祥早已西山日落，資金籌措不果，無法拍攝，《李香蘭傳》不了了之。真相如何？相信看到高橋收藏的李香蘭資料，當可解惑。疫症期間，資料難見天日，今疫症已過，當可開封，期待高橋能示我更珍貴資料，或會寫一文詳述伊人事跡，以志對曾賞幼小的我糖果李香蘭姨姨的懷念。

想起來，機緣巧合兩次觀瞻到李香蘭的風姿。一次淺談，一趟默言。一九五八年我隨翁靈文伯伯到九龍的片場探他老朋友卜萬蒼導演的班，翁伯伯跟卜萬蒼寒暄了幾句，忽地說：「老翁！你來得真巧，你女朋友一會兒就來了！」我一怔：女朋友？正自想着，遠遠一群人簇擁着一個女人朝我們處走來。香風飄逸，有如夜來香，正是一代歌后李香蘭！卜老呵呵笑：「老翁，女朋友來了哪！」翁伯伯趕忙迎上去跟李香蘭握手，親切地聊天。須臾，翁伯伯領着李香蘭走到我面前：「小弟，叫李阿姨！」李香蘭唷地嬌嚷起來：「別叫得我太老！」鳳眼飄，櫻唇張：「小弟弟：叫姊姊！」我乖巧地叫了，李香蘭很高興：「好好好！姊姊一會給糖吃！」字正腔圓的京片子，聽得人騷了，那天拍的正是《一夜風流》，劇本改編自托爾斯泰的《復活》。我跟翁伯伯靜靜地看拍戲，李香蘭面對一群王孫公子，眉目嘲人，雙睛傳意，萬種風情，直把男人當猴兒耍。

一九七二年，我留學東京，某天看到《朝日新聞》說李香蘭要從政，在帝國酒店宴會廳開記者招待會，我匆匆趕去，準備寫一點東西，寄回香港《快報》賺外快。到記者雲集，我沒證，給摒在門外，只能透過密密重重人群，朝廳裏偷瞧，那時李香蘭大約五十歲，嬌小玲瓏，臉襯春風，眉彎新月，尤細尤彎，面對記者，顧盼煒如，回到香港，倩影難忘。

　　李香蘭是萬人迷，表面柔，內心刁。伊有兩件事頗遭非議，其一是搶了周璇的飯碗。此話咋講？老鄉們！儂一定聽過《夜來香》，啥人唱額？儂你一定回答「李香蘭囉！」儘管儂活落玲竅，還是對勒一半，錯脫一半。講撥儂聽，這首歌本是作給金嗓子周璇唱的，七轉八彎，落進李香蘭手上。這裏面有段小插曲，不妨與你們一聽。《夜來香》為黎錦暉七弟錦光所作，錦光侄黎白著文《路漫漫兮》，對《夜來香》的創作經過有如下的記述——「錦光創作《夜來香》本來是偶然有所衝動的。他在辦公室看窗外的夜色，月光如洗，月色皎潔，月下輝映，看還在盛開的鮮花夜來香，微風飄拂，花香透入靜靜的屋裏，錦光被這樣美好的景色沉醉了，他立刻用手寫出了一首抒情氣息很濃的曲子《夜來香》，同時也為曲譜寫出的歌詞。」噢！原來《夜來香》是不經意寫下來的不朽名曲。有好歌得有好人唱，滬上眾女歌星，黎錦光最喜歡周璇，所作名曲如《滿場飛》、《瘋狂世界》、《拷紅》統由周璇演唱，為啥事體《夜來香》卻一反常態，改由李香蘭唱呢？真是莫名土地堂。四四年前，李香蘭打東北來到上海，加入

「華影」。有一天她跑到「百代」準備錄唱片，卻在黎錦光辦公室發現了《夜來香》的曲譜，拿起照着唱，一唱入了迷，懇求黎錦光給她唱。黎錦光想起用周璇，李香蘭不依不饒，大發哆功，百鍊鋼化為繞指柔，「我投降哉！」黎錦光雙手半舉，終為所動。

再說一樁！九三年，李香蘭透過日本駐港領事館找吳思遠見面，去到尖沙咀麗晶酒店，方知伊人想拍自傳。初步說得投契，下一步東京作長談。李香蘭殷勤招待，飯後命經理陪吳思遠往一小會所聽歌，原來那裏藏有《夜來香》原版音樂。聽至半當中，李香蘭電話掛來感想。思遠說「自是天籟」，李香蘭窩心，窩心還窩心，錢不能不講，獅子大開口，版權費美金五十萬。吳思遠慨然應允，遂簽合約，鐵定由吳思遠監製，張婉婷、羅啟銳編導。回港後，眾人躊躇滿志，搜資料、寫劇本，忙過不休。無奈禍自天上降，李香蘭經理人忽地越洋趕至，提出終止合約。吳思遠早悉箇中原委，是老牌大導李翰祥搗鬼，他看中自傳，有意開拍，拜託「長春」（滿映）舊日老友出面向李香蘭套近乎，半途截劫。吳思遠仁義，答應解約，臨末附上兩句真心話——「請你轉告李女士，李導演近年再無創作能力，戲很難拍得成。還有，日本人數重承諾，很少像李女士那樣的出爾反爾。」理直氣壯，有個屁用！吳導演呀，吳導演！你可聽過「黃蜂尾後針，最毒婦人心」這句話嗎？周璇的飯碗也敢搶，還有什麼做不出來？

未到中夜，我倆離開咖啡館，勾肩搭背，走在長街，遠處，小童三三兩兩，手挽兔燈、楊桃燈、船燈，往來穿梭奔跑，我彷彿看到了自己的童年。「走吧走吧！又一個中秋！」高橋帶點兒悲戚地說。不管他，我們幹自家的事，走兩步，唱三句李香蘭的《蘇州夜曲》……「投君懷抱裏，無限纏綿意，船歌似春夢，流鶯婉轉啼。水鄉蘇州，花落春去，惜相思長堤細柳依依……」這時，高橋忽地喊住我：「沈桑，停步啊，看，月亮多圓多亮！」我轉身仰望，月亮圓得有點兒慘澹。

滑稽大王王无能

小時候，閻叔叔常來我家打牙祭，他一來，滿堂生風，笑語盈室，講笑話「王小二過年」、「廣東上海話」，聽得人人笑煞快。捧腹大笑到吃勿消了，還是纏牢他往下說：「老爺叔，再講一隻，好伐？我叫老爸爸請儂吃老酒，要白蘭地還是威士卡？」閻叔叔無奈地半帶罵：「儂價小彎，老貪心，叔叔勿是說滑稽價，夏裏搭有價多笑話？肚皮裏向價物事全倒出來哉！」死纏爛打我本事，閻叔叔只好雙手一攤叫屈：「我又勿是王无能，要聽末，去問王无能！」年紀小小，哪知王无能何許人也？後問《大成》社長葦窗胞兄老吉，方知是上海灘滑稽大王，滑稽幫幫主，也就時下常說的一代宗師。及長，看資料，才曉得王旡能的能耐，不妨一說。

王旡能，小名阿魁，又叫小辮子阿魁，蘇州人，糯搭搭，生於一八九二年。十三歲到上海，在笑舞台演文明戲，擅演小人物，因常穿馬甲上台，又叫「馬甲滑稽」。其時，文明戲最為觀眾所喜，每演，必賣個滿堂紅。文明戲開幕前，必先來道甜點心，串演小滑稽，此為滑稽戲的濫觴，王旡能為個中能手。文首言及的「王小二過年」即脫胎自王旡能的劇碼，上海人歎苦經：王小二過年，一年勿如一年，窮得嚇煞人。王旡能手上絕活多，《賤骨頭》、《孟姜女過關》堪稱極品。滑稽看似簡單，實非易也，乃集各家之大成，先後受小熱昏、隔壁戲、雙簧、蘇灘、相聲等影響，滑稽一人扛，叫獨角戲。千萬別輕看，看人挑擔勿吃力，上去行行就曉得，必先具備說笑的才能，並及多種方言，方能成事。餘生也晚，不曾聽過旡能，父親卻是捧場客。問王旡能嶄嗎？父親翹起大拇指：「天下間無撥人能夠滑稽講得過王旡能，單看俚一副鴉片鬼腔調，勿想笑也要笑出來。」定公（陳定山）在《春申舊聞》一書中誇王旡能——「王旡能利用時機，又以笑舞台所編《蔣老五有唱春》，遂與陸嘯梧合作，伸引其事，說、噱、逗、唱，冶南方說書與北方相聲於一爐，而別立風格，聽者風靡。初僅穿插於舞劇中，後遂邀請為堂會者，名為獨角戲。其陰噱，冷雋，言語之妙，諷刺之深，雖才具八斗之洋場名士，亦望塵歎息，自以為不及。」如今有人將江笑笑、劉春山跟王旡能合稱為三大家，並不妥當，江、劉為後起者，稍低半輩，豈能並列？

我只聽過唐笑飛說滑稽的錄影，以氣量出名，號稱「精神滑稽」以別於「馬甲滑稽」。唐受恩於黃金榮，在大世界演出，轟動上海，其中以《外國糖麻球》允為絕活，從上海說到英倫，肚皮笑破。唐笑飛串演的是兩人滑稽，有拍檔曰俞祥明，一個逗哏，一個捧哏，各司其職，一說一笑，配合得天衣無縫，絲絲入扣，就是上海人所謂「無撥閒話講哉」。唐笑飛的洋涇浜英文和以上海話，成為唐式英語，乃逗笑絕招。俞祥明逗逗唐笑飛：「你英文講得來勢，價末我考考儂，我講上海話，你翻英文，好勿？」唐一口答應：「即管問」。於是問：「外套英文哪能講？」唐答：「overcoat」，俞跟着問：「短打英文儂會講勿？」唐抓了一下頭，答不上，俞哈哈笑：「講英文誇啦啦，撥我考起勒。」唐眉頭一皺，暗叫一聲有了：「啥價閒話，easy easy，overcoat 是外套，短打便叫 overcoat-half。」俞怔住：「啥價蝦夫勿蝦夫？」唐笑：「哈哈，儂價阿木霖，勿懂哉。英文一半叫 half，overcoat 一半，勿就是短打，笨胚！」俞不服又問：「上面哪能講？」唐答得快：「upper stair。」「下頭。」「low stair。」俞讚之：「阿哥本事大」，拍拍手：「請問中間，哪能說？」唐一時語塞，俞祥明見窘倒唐笑飛，開心煞，扮鬼臉，裝模作樣，訕笑之。情急生智，笑飛想到了：「中間英文是尷裏尷尬，勿上勿落，貼當中。」俞祥明還來不及反應，全場已是掌聲如雷轟，手板拍得紅。唐笑飛最擅各種方言，上海話翻廣東話，蘇州話轉揚州話，小兒科，甭講咯，還有一招殺手鐧——講東洋話，用上海話講東洋話：「滑得去滑（日語諧音『我』），滑勿過去勿要滑。」你能不笑破肚皮？

轉頭講王旡能，為春柳劇社王無恐之弟，無恐後入顧無為之民鳴社，旡能隨之。一九三三年，上海滑稽獨角戲研究會成立，定規矩：「凡詞句失於雅馴，不合民眾教育者，皆令修正。」經評判員之決定，分出最優五班：一、王旡能，錢無量。二、劉春山，盛呆呆。三、江笑笑，鮑樂樂。四、陸希希，陸奇奇。五、趙嘻嘻，丁怪怪。公推王旡能、劉春山為正副會長。會成，王旡能作古，乃懸其像於中堂以資紀念，後更奉為滑稽祖師爺。王旡能耽鴉片，吃盡押光，一生潦倒，身後蕭條，連棺材也沒有，同行募捐，匆匆下葬。何處埋遺骨，滬上黃土下，一代滑稽大師逝矣！

對了，上世紀上海出了個老娘舅李九松，捧哏一流，不搶人戲，卻是精彩百出，光芒萬丈，演的電視小品系列《老娘舅》，夠頂癮，風靡上海。近日，東方衛視特意編排悼念特輯，看了，果然名不虛傳。

追夢歲月

我在上海的苦難日子

我生在寒冬臘月的舊上海。一九四八（丁亥）年新曆一月十八日晚上，我來到了這個苦惱的人世，跟許多人一樣，體驗喜怒哀樂。童年到中年一直苦難纏身，嚐盡人間百苦。新曆一月十八日即農曆十二月初八，那天，在上海是一個大節日——臘八節，家家戶戶都熬臘八粥，那是一種甜粥，以紅棗、果仁為主料，熬得黏稠，可果腹。外婆嗜甜，最喜吃。那日早上，外婆一定拖着我去廟裏燒香，原來這日正是佛祖釋迦牟尼得道日。難怪我媽媽的和尚師傅撫着我的頭說：「這小孩有佛性。」

從小，媽媽便沒在我身邊，我是跟隨外婆度過了童年。外婆常跟我說起我出世那天的事兒，坐在小木凳子上，右手撥葵扇，左手嗑黑瓜子：「關琦，儂價娘是饞老蟲，生儂那一日，頂着大肚皮也要跟我去吃年夜飯，結果吃出事體來！」

上海人作興年夜飯，一到臘月，家家都擺年夜飯，你請我，我回請你，往來頻密。大底在臘月中旬，年夜飯不斷，有的在家中招宴，也有上館子的，菜式有四冷盤：海蜇頭、油爆蝦、五香牛肉、燻魚；跟住上兩熱炒：清炒蝦仁、韭黃炒鱔糊、或者是蝦子海參；再來一大鍋醃篤鮮；壓軸的是清蒸鰣魚和醬油鴨。最後甜點，大多酒釀丸子和八寶飯。一家請一日，外婆姊妹淘忒多，可以連吃十來日，省下買菜錢，替我添套新衣裳，新春拜年，體面一點。

外婆往下說：「李先生（女性，尊稱）家裏吃年夜飯那天，下午，你媽媽肚皮作痛，躺在床上。到黃昏，我要去吃年夜飯，叫領娣（我阿姨）來陪伊，死活勿要，一定要跟我一道去，吵伊勿過，就叫了一輛黃包車，從敏體尼蔭路（今西藏南路）拉去法租界的霞飛路李先生價屋裏。黃包車走得快，儂姆媽頂着一隻大肚皮，黃包車東歪西倒，痛得儂價娘，額頭冒白汗，我就講：『蘭芳，吃不消，就回去勿！』要死快哉，儂姆媽饞老得要死，另外手又癢，一定要敲麻將牌，去去去，隨便儂！七點到，八點半開席，剛剛吃兩隻菜，儂姆媽捧着肚皮叫痛，人人急扯白臉，七手八腳叫汽車將儂姆媽送到法租界法國人經營的廣慈醫院。九點十分鐘，送進去，九點半，儂隻白白胖胖價小赤佬就鑽出來了！」

擺脫娘胎這麼的急，說明我是個急性子。三歲定八十，做什麼事都是急，吃東西急，走路急，字體急就章，寫到潦草不堪，人人都看不懂。（嘿，有時連自己也看不大懂哪！）

生下我不到一個月，母親就匆匆挾着金條跟姊妹淘，跑去香港開舞廳去了，留下我跟外婆，一老一少相依為命。由是我對母親印象十分模糊，依稀記得是一個非常美麗嫵媚的女人。

那時候，打香港匯款到滬，不大暢通，吃不準日期，到了月底，糧倉騰空，如何是好？幸得外婆人緣好，骰子活落，左鄰右里，都是蘭芳阿娘地叫得震天價響，分外親切，知道我們外匯未到，都熱情地拉我婆、孫二人到他們家裏吃飯。太熱情了，順得哥情，失嫂意，只有推說，糧倉還有剩，總算對付過去。

吃飯不成問題，衣著卻是很寒傖，我只有兩件短棉襖，一件還是鄰家關興阿哥穿落的，至於棉鞋，早已穿了洞，打上補丁。一歲，剛懂走路，還要翹尿片，哪有現在的孩童幸福，有紙尿片可用，窮人家只好以舊衣服撕爛來代替。布尿片又粗又硬，夾在股間，十分難受，舉步不易，只好叉開雙腳走，因而落下了一個毛病——走路八字腳（到了香港，同學們都嘲笑我是摩登差利，即 Charles Chaplin，查理・卓別林）。

解放了，人人要學習，認識新社會，目不識丁的外婆，十字不懂橫劃，也得要到合作社學習新思想。華燈初上，每有黨幹部來叫弄堂裏的人去開會。寧波老娘外婆，使潑想不去，給幹部大姐半拉半勸地拉走了，留下我一個黃口小子獨個兒留在家裏面。會往往一開兩、三個小時，東西當然沒吃飽，即有便意，也只好撒在褲襠間。好不容易等到外婆開會回來，進門臭氣沖天，長褲裾邊都沾滿糞尿。外婆一把摟住我，半哭帶喊：「關琦，要死快哉，作孽作孽呀！」這種苦難日子，一直到我五歲去香港時方結束。

算起來，我和外婆兩人一同挨了五年零三個月。我一直把外婆看成我媽媽，媽媽可以不要，外婆不能不要。天不從人願，外婆仙逝，當時我留學東京，母親因為交通隔涉，沒有通知我回香港奔喪，我無法送外婆的終，留下一生的遺憾。今夜，殘月如鉤，漾着白光，我的好外婆，我想着你，你到底在哪裏？我們會再見面嗎？

上海外公

又到農曆七月，想起母親，也想起上海外公。母親棲老人院，已難辨事，昔日記憶在，近事一早忘；至於上海外公，隔別逾一甲子，大抵墓木已拱！稱「上海外公」是由於不是嫡親的，上海弄堂鄰居，姓龔名傑人，教師匠，具文采，好公義。母親在我襁褓時已去香港工作，留下外婆和三個月的我相依為命五年多，五年中，吃苦不少，不時捱餓。母親匯款月底未到，缸中無米，外婆帶我串門子，逐門挨戶蹭飯。上海鄰里俱親和，慈眉善目，來了不速客，無非添筷擺碗，歡迎不迭，我倆飽飯一頓。

冬天冷，水龍頭結冰，外婆揹我到老虎灶取熱水，銅煲重，上海外公趕來幫忙，他說：「關琦外婆！儂看牢關琦，我幫儂去拿！」搶過銅煲拔腳奔，生怕外婆跟他爭。外婆跺腳：「老頭子！窮幫忙！」看似罵，實是嗔。不一會，上海外公提着銅煲氣沖沖趕回來，外婆還未開腔道謝，外公已「沙」地一聲將熱開水淋在結冰的龍頭上，冰融了，龍頭扭得動，外婆手一扭，水哇啦哇啦射出來。難得看到水龍頭射水，小小的我，樂得拍起手掌，這時候，外公一把抱起來，在我胖嘟嘟的臉上親一下：「小關琦！明朝外公帶儂到大世界去！」一聽「大世界」，我立即摟住外公的脖子猛叫：「親親外公！」外公樂得掉下眼淚水，外婆笑罵：「一老一小，愛發瘋！」

外公教書的，有誠諾，第二天帶我去「大世界」，先在入口處照哈哈鏡，看到鏡中變形的自己，我呵呵笑起來。外公矮着身子湊過來一起照，我指着哈哈鏡道：「外公好滑稽！」外公孩子氣地問：「哪能滑稽法？」我少不更事：「像隻猢猻！」外公不怒反笑：「對！外公是老猢猻，儂是小猢猻！」抱起我直往劇場看六齡童的《孫悟空三打白骨精》，我哪懂戲，只愛看北派，兩個武生手舞長槍擋刺格戳對打，全場喝采，當少不了我份兒。看完《三打白骨精》，禮尚往來，陪外公看京戲，「唏哩哇啦」的唱，悶死人。三歲孩童不耐，踢腳蹬足，外公有治頑妙藥：「關琦！一會兒看完戲，外公帶儂買小關刀！」「好好好！」我大聲嚷，還添條件：「我要沙律麵包。」「大世界」門外有一檔俄國包點，所售沙律麵包，刮啦爽脆，美味非常，小小孩童可啖兩個。外公從不吝嗇鈔票，我想吃的、玩的，付鈔不皺眉。買了小關刀，刀刃發亮，刀柄漆紅黃綠三色，握在手中，滑溜溜，十分好舞。外公興致到，捲起長外褂子塞進腰際，金雞獨立，舞起刀來。我不知道外公可學過功夫，舞刀架勢不遜蓋叫天。

夕陽西下，打道回弄堂，家家生火舉炊，外婆苦愁眉，外公二話不說，拖着外婆、抱起我往他女友李女士家走。李府在哈同路上的一幢小洋樓，進門是個小院子，長滿不知名的花草，拉開長玻璃門是一條柚木樓梯直通二樓飯廳。飯桌上早擺着一鍋熱騰騰雞湯，我一躍上椅，伸手撕下雞腿，送進嘴裏猛嚼。外婆罵我，外公道：「小囡是格嘸樣子，勿罵！」有外公壯膽，我連另一條雞腿也包銷了。據外婆所說，我一歲半時，半夜驚風，眾人六神無主，上海外公匆匆撬開我口，倒下半包「雷允上六神丸」，喃喃道：「死馬當活馬醫！」結果我給救了過來。

五三年一個春天夜裏，外公來弄堂：探望，握緊我的小手，含淚說：「關琦！過了今早夜裏，阿啦就看不見面了！」聽得我一頭霧水。第二天，外公親送外婆和我去火車站，才知道要南下香港同母親團聚，哭泣免不了的，我咽着聲音說：「外公！我捨弗得儂！」外公摟着我：「關琦！等你上學後，我寫信畀儂！」七年後，接外公信，道離愁，訴衷情，附詩云——「韶光似箭七年久，兩地暌違路不通，未卜何時易來往，相逢定必淚滂沱！」相逢是夢，今生未見。夏夜賞荷，孤芳在眼，我亦遲暮！

當年上海過中秋

自皎秋空八月圓，嫦娥端正桂枝鮮。中秋至，憶嫦娥，嫦娥奔月，千秋傳誦，人類登月，美夢不碎。中秋一詞，最早見於周禮，《禮記．月令》有云：「中秋之月蛋衰老，行糜粥飲食。」足見粥可養顏防衰老。《東京夢華錄》又云：「中秋夜，富家修飾台榭，民間爭佔酒樓玩月。」《正德江寧縣志》有載：「中秋夜，南京人必賞月，合家賞月稱為『慶團圓』，團坐聚飲稱為『圓月』，出遊待市稱為走月』」。日本亦有中秋節，名月見、十五夜，有關十五夜的傳說，浪漫淒迷，撼動人心。中秋吃月餅，幼時在上海，外婆多到附近南貨號買上海月餅（其實就是蘇州月餅），皮薄餡多，為其特色，皮、餡約一、三之

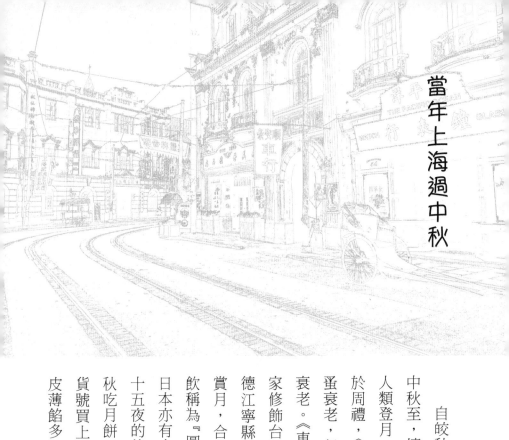

比，鹹肉餡叫鹹肉月餅，又有所謂金華火腿月餅，至為富人所嗜，價罕，吃勿起。

外公知我志，特意跑到城隍廟買火腿、豬肉月餅，不及金華火腿月餅，卻比豬肉月餅鮮味。月下圍坐聽故事，教書先生的外公，滿肚故事，嫦娥奔月，八月十五殺韃子，以說書腔調道出，聽了千百回，仍舊回味無窮。中秋分三節，即追月、賞月、迎月。每到八月十五，金蟾懸空，外婆，外公和我搬了木几，竹椅，到樓下弄堂賞月。早已擠滿左鄰右里，一道吃茶，啃月餅，嚐時果。外公好黃酒，三杯下肚，臉紅耳赤，有如關公，我樂了，夥同小伴們，指着外公大叫：「關帝老爺來勒！」關帝老爺摸着我的頭，哈哈笑曰：「小鬼頭，真價皮！」上海月餅嘛，花樣蠻多，有百仁、豆沙，苔條。外公跟我都嗜甜，豆沙月餅我一口氣可以吞三、四個。外婆怕我壞肚皮，偷偷藏起。毋如我似老鼠，東嗅西索，終在床底下角落裏，發現寶藏。四個月餅下了肚，我也給送了去醫院。南來香港初期，一門心思，愛吃上海月餅，家居北角，春秧街上有同順興和同福號兩家南貨店，專售各式上海月餅，來自江、浙各地、味道無異，感受不同。

粵人吃粵式月餅，入鄉隨俗，啖之。粵式月餅，有蓮蓉．單、雙黃蓮蓉，金貴一點的，甚至二黃、四黃。母親每在中秋夜，拜月神，人在香港心在上海，亦有上海月餅奉神。既有中秋之月養衰老，母親坐在陽台上的卧椅迎月照，進干貝白粥，祈以滋膚滑肌。祭拜月神，三牲以外，還有各式時果楊桃、柚子、芋頭，栗子、菱角桂花蒸糕等等。我最喜吃楊桃、桂花糕和芋頭。芋頭醮母親秘製辣椒醬油，風味佳絕。銅鑼灣浣紗街，每於迎月夜，有舞火龍以驅時疫。數十丈長龍，由數十壯男抬起，鼓鐃連擊，喧鬧嚣天，沿街疾跑。附近，維多利亞公園有燈會，兔燈、龍燈、魚燈、走馬燈……林林總總，目不暇給。某個中秋，母親給我買了盞彩色玻璃紙紮成的兔燈，兔身中放小蠟燭支，拖着隨街走，風大，蠟燭吹向兔身燃着，幾乎兔火焚身，從此棄紙燈籠，改提電燈籠，新穎矣，味全失。今年中秋，正值時疫肆虐，四人限聚，桂花雖飄香，怕會是最最冷冷清清、淒淒切切的一個中秋了！

緬懷「三毫子小說」

五八年開始看小說，鍾情通俗，多選《環球小說叢》，十六開本，二十頁，雙色插圖，內容不外奇情、愛情。年幼，不懂戀愛，只尚奇情，短短四萬字，曲折離奇，看得過癮，隔十天買一冊，三毛錢，一月不到一塊，划算。「環球」作家陣容鼎盛，依達、上官寶倫、史得、龍驤、司空明、易文、杜寧、鄭慧、羅蘭……一大堆，盡是名家，我最喜依達、史得和龍驤。依達也是少年人，寫青春愛情小說，迷瘋了萬千書院女生，戮力追求小說裏的白馬王子。史得作偵探，不遜滬上程小青，節骨眼上似更勝。至於龍驤，獨撰奇情，情節怪誕不經，路轉峰迴，是香港科幻小說的開山祖師。那時我僅以讀者身分親炙他們的作品，二十過後，有幸跟三位作家相識。

依達同姓同鄉，我入行學寫文章時，就有不少人以為我是依達的弟弟，「環球」老闆娘何麗荔女士也說我跟依達長得像。（哪是，依達兄比我俊俏多了！）依達住在太古城「春櫻閣」時，我常去串門子（註：只在門外，取稿也），隔門聊幾句，爾雅溫文，語調柔和，總說：「寫得急不大好，沈西城你看看能用嗎？」真的客氣。嗣後，輒在宴會上碰到，一回跟簡老八一塊兒來，老少活寶，秤不離砣，有影皆雙，那夜依達還叫人替我們三人合照，可惜照片我從未看到過。

史得便是三蘇，襟懷恬遠，學識甚富，七十年代末來電邀我喝茶，還介紹我去《東方》寫小說。他跟宋玉（王季友）是好朋友，卻常常相互作不傷和氣攻訐，我夾在中間，啼笑皆非。至於龍驤，寧波人，年長我十多歲，老大哥，犟如牛，不退讓，九十年代中期，過從甚密。他有一位叫小周的朋友，是殷商周文軒胞弟，英俊瀟灑，艷史不勝枚舉，他總想記錄下來，卻不願動筆，央諸我。那時小說不賣了，沒報紙願刊，不幾年，小周病逝，龍驤流淚道：「我太對不起小周，完成不了他的宏願！」

如今，史得、龍驤都已謝世，只餘下依達移居珠海，也已經久沒見面，老人戀舊事，朋友也是舊的好。

《環球小說叢》大賣，引起行家垂涎，各類同型刊物紛至沓來，粗略一算，便有《小說報》、《好小說》、《ABC小說叢》、《海濱小說叢》、《星期文庫》等等，我都買來看過。只有《海濱小說叢》勉強能跟《環球》匹敵，那是因為它擁有俊人和最具名氣的女作家孟君，當年「孟君信箱」是萬千少女的愛情明燈，我二姊也成了信徒。孟君重倫理觀念，循循善誘，對社會起了正能量的影響。我跟二姊不同，不迷愛情，因而少看孟君。六十年代末，偶然加入「香港青年筆會」，才跟身兼筆會會長的孟君相熟，她帶領我們到「無綫」參觀朱維德的《歡樂家庭》，還組織座談會跟我們談寫作，親切和藹、優雅韶秀。「三毫子」小說的作家，其實有不少是文學家，易文、王植波（王樹）、黃思騁、張君默、李維陵、路易士、司空明、林以亮都是文壇重鎮，因之當年「三毫子」小說，非如一般人所想像的低級幼稚，相反還存有不少精品！

就以司空明（周鼎）的《曲江霧》來說，描述戰亂時曲江社會實態，襯以愛情，真實浪漫，有悖通俗。「三毫子」小說流行了三、四年，到六一年一月開始，加價一毛，成了「四毫子」小說。許定銘兄在〈三毫到四毫〉一文裏這樣說——「我手邊有本呂嘉謨《環球小說叢》的三毫子小說《不了緣》，出版於一九六〇年十二月十九日，書內有一廣告頁，說由一九六一年起，每十日會推出一種三十二開本的《環球文庫》流行小說，每冊四角。這意味着『三毫子小說』的年代結束，代替它的，是後來的『四毫子小說』。《不了緣》是《環球小說叢》的第一七九號，最後的一冊是二十九日出版，羅蘭的《兄妹奇緣》。至此，出版歷時三年多的『環球』三毫子小說劃上句號。」看到呂嘉謨的名字，我全身哆嗦，何至如此？

● 寫嚴肅作品的名家也寫三毫子小說

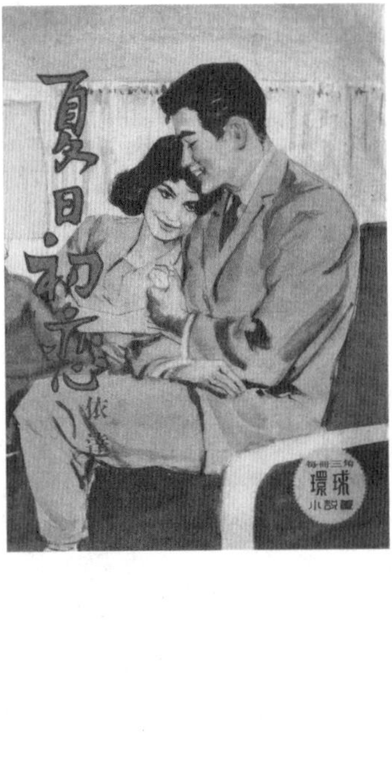

● 十六開本的「三毫子小說」

從三毫到四毫

呂嘉謨是上海人，酷愛文藝，常投稿「環球」，多獲刊出，儼然成為作家。我看過他幾本小說，最有印象的是《不了緣》，文筆流暢，結構嚴謹，有別其他作家，可這並不讓我留下深刻的印象。昔日銅鑼灣有家「勝斯酒店」（即如今「樂聲」大廈）。那是一幢五六層高的酒店，地下有個咖啡室，我常去喝咖啡，六十年代某日，酒店發生了一起謀殺案，一個中年男人倒斃房間，經警方查找後，得悉死者是同區啟超道一家上海菜館的賬房先生。沿此線索，順藤摸瓜，鎖定兇手是一個姓呂的男子，正是作家呂嘉謨，被捕後坦白認罪，原來兩人有斷袖癖，因死者再築新巢傍向人，呂遂起殺機。我哆嗦是除了震驚、難忘，還存憐憫，呂嘉謨是一個好作家！

三毫子小說時代，「環球」獨領風騷，六一年一月加價成為《環球文庫》四毫子小說後，競爭對手蠭起。來勢最凶猛的是「世界出版社」出版的《海濱小說叢》，模式相仿，作家陣容也是盛極一時，隨手數來便有俊人、孟君、梁荔玲等等。俊人原名陳子俊（雋），當年是香港首屈一指的作家，在《星島晚報》的連載，吸引了萬千讀者，他為《海濱》所寫的《斷腸草》是經典式的愛情小說，震撼人心。孟君不消說，名頭更高，「孟君信箱」為數以萬計的女性指點愛情迷津，是眾人的大姊，《海濱》請她寫《愛人》，正

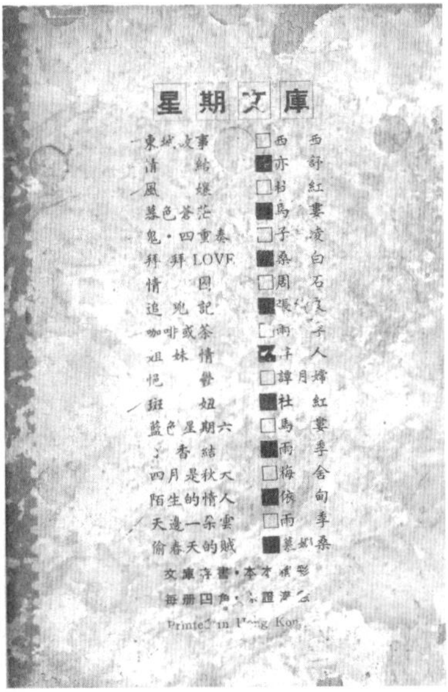

● 星期文庫

是她的拿手絕活。除了孟君，還有梁荔玲，擅長描述青少年生活，堪與依達匹敵。梁荔玲跟我有一段來往，多年前曾為我道了一個不可思議的故事，內容牽涉到某左派著名文人，梁荔玲性本率直，不會打誑，毋妨錄出。荔玲姊某次參加了一個左翼團體晚宴，席散，著名文人自動請纓送她回去，既然是朋友就不以為忤。到了家門，文人央荔玲姊請他喝一杯咖啡，不便拒絕，豈料入門後，借意不辭，直到荔玲姊鳳眼圓睜，大發脾氣，這才抱頭竄去。文人無行，在所多有，只是想不到著名文人也會如此！

《海濱》以外，還有曇花一現、由「明明」出版社主編的《星期文庫》（這屬「同人誌」，熱心文藝的青年各自掏腰包合資出版）。當年蔡浩泉、蔡炎培、桑白、周石、沙里都是貧無立錐而對文學充滿熱誠的青年，志同道合，遂合租北角錦屏街一房子作為居停兼「出版社」，蔡炎培（杜紅）是主力，一共寫了七本小說，其中《日落的玫瑰》最為時重。蔡炎培跟我是老朋友了，在世時也偶會通電話，他是典型詩人，不論寫什麼類型作品，都帶詩意。《日落的玫瑰》當不例外，許定銘批曰：「《日落的玫瑰》是本故事性很弱的小說，以詩意及心象抒情式鋪陳許星堤及江二瘋的愛情故事。」「詩意」、「心象抒情」，多好聽的名詞！說真了，就是讓人不易捉摸的心語。蔡浩泉（雨季）是亦舒前夫，他的《天邊一朵雲》是《星期文庫》的重頭之作。桑白便是報界聞人馮兆榮，曾用過「馬二」筆名寫雜文。

至於周石，後來成為《東方日報》老總，貌似曹操，卻有雄才，當年《東方》副刊，名家林立，三蘇「怪論」、倪匡「科幻」，都是精品。四毫子小說的潮流綿延至六十年代中期開始式微，代之而起的是三十二開的《文藝叢書》，領軍的仍然是「環球」。楊天成的《二世祖手記》、依達的《蒙妮妲日記》和何行的《花花世界》，更成為六、七十年代大眾的精神食糧。九十年代中期，報刊廢小說，三毫子、四毫子一類的小說已淪為歷史陳跡，許定銘兄喟然道：「有緣的愛書人，或許還可以在舊書店（如今亦賣少見少矣）中偶然碰到四毫子小說，十六開本的三毫子小說，恐怕要到拍賣場去叫到臉紅耳赤了！」塵封舊物，成搶手貨，在一個最荒謬的時代不足為怪。

亦舒的書

杜紅的書

羅斌二三事

窗外風風雨雨，窗內翳翳戚戚，氛圍悲悒，益念故人羅斌社長。我與羅斌結緣，始自上世紀九十年代初，故友黃寶森作曹邱，要我為羅斌看一看電影劇本。我跟黃寶森跑上上環新街一幢舊式大廈的四樓，在偌大的辦公室裏，見到了羅斌，當時他年不到七十，精神矍鑠，身軀雖胖，行動十分靈活。坐下談話，原來他答應了導演陸邦開拍一部電影，劇本早已寫就，他不放心，知道我寫過《龍虎風雲》的劇本，想要我幫幫眼。我一是敬重羅斌的創業精神，二則是對電影那時候還有一股熱誠，不假思索，就應承下來。聊了一個小時，羅斌親自送我到門口，分手時說：「沈先生，拜託你了，你的薪酬是一萬元，可以嗎？」我想只是看看，酬勞已不俗，當下跟他握了手，嘴裏說：「不成問題。」

到我接觸到陸邦，才知道他手上只有一個簡單故事，並沒有完整的劇本。可他對羅斌說有了劇本，讓羅斌投資，這似乎有點「霸王硬上弓」的況味，我一時不知如何處理。陸邦握住我的手，用近乎哀求的聲音說：「沈先生，你幫幫忙！我們一定很快完成劇本。」這就可真讓我為難了，對羅斌說出真相，還是幫陸邦隱瞞？最後，我有了決定，對陸邦說：「你們快些寫，時間緊迫的話，我可以幫忙。」陸邦忙不迭地說好，可後來一直沒有再找我，我也只好對羅斌坦言「只看過

● 羅斌晚年的回憶錄《一筆橫跨五十年》

故事」。過了幾個月，羅斌給我電話說，電影拍好了，要我去看毛片，看完後，給他一點意見。我到紅磡看了，雖不能說「慘不忍睹」，庶幾不遠。為存忠厚，我對羅斌說：「電影拍得一般，缺乏賣座元素。」羅斌在電話裏，只是「嗯」了一聲，就沒說話！電影後來沒上映，只灌成錄影帶，羅斌投資的那二百萬，泡了湯。

這樣過了好幾年，一個下午我又接到羅斌的電話，在電話裏，他開門見山，「沈先生，我想你出任《武俠世界》的主編，你可肯幫我這個忙？」當時，我晚上在《天天日報》當港聞編輯，下班很晚，早上起不了床，只能下午上班，如實以告，羅斌說「沒問題」。這樣打從九六年起到二〇〇二年為止，整整六年間，我跟羅斌幾乎朝夕與共。他的為人處事，我了解不少，不妨寫些出來，作為永恆的紀念。

羅斌的量度很大，電影賠了二百萬，我為他心痛，他只是一笑說：「能幫朋友，沒相干，何況以前他也幫過我，算是還了人情債吧！」一個星期中，起碼有兩個下午，羅斌會找我到他的四樓辦公室聊天，問了《武俠世界》的情況後，都會緬懷起上世紀從上海初到香港打天下的日子。那時，他懷裏只有兩枚金條和一箱舊稿、雜誌，人生路不熟，找不到工作。想起在上海，已與友人馮葆善創辦了《藍皮書》，來到香港，何不故劍重彈，遂創立「環球出版社」復刊《藍皮書》。請不起人，他自己一個人編，稿件方面，由跟他一起南下的方龍驤負責。兩個人一個編，一個寫，又把上海舊稿補進去，編成創刊號，發到報攤。銷路很好，可羅斌不滿足，他想到了海外訂戶，然而訂戶哪裏找？他想出了一個辦法，每日下午跑到郵政總局，跟接收外埠書店郵件的郵差套交情，允以「一塊錢一個名字、地址」。抄下郵戶名單，自己再發信去外埠推銷《藍皮書》。

羅斌喜歡用新人，當年依達寫第一本小說《小情人》的時候，還是一個揹着書包的中學生。依達告訴我潘姐（柳黛）推薦他給羅斌寫稿，稿子送了上去，心裏沒底，想不到羅斌居然用了。著名日文翻譯家東方儀（蕭慶威），當年也是羅斌一手發掘，他倆相逢於天星渡輪，羅斌只跟他搭訕了幾句，就請他為「環球」當日文翻譯。「環球出版社」是羅斌《新報》以外另一家大機構，這出版社從六十年代起到八十年代止，每天出版一本四萬五千字的小說，需要的「作家量」大得驚人。羅斌盡量提拔新血，提供機會發表作品。名滿香港，被譽為巴金接班人的鄭慧女士，她那部《紫薇園的秋天》，就是在這種情況底下得以出版的。羅斌提拔新作家，慧眼獨具，倪匡、古龍、臥龍生、諸葛青雲、龍驤、張夢還……都是從「環球」冒出來後而得享大名。

羅斌的腦子轉得很快，《武俠世界》銷路一跌，他必找我商議，在我貢獻了計策後，他照例把頭枕在大班椅的靠背上，閉上眼沉思，不出數秒，雙眼「巴」的睜開，一道精光撲面而來——羅斌有「良方」了！他很快說出救急的方法，而這些方法事後證明的確十分有效。他說過：「改革要從基礎上改，先小改，讀者接受了，才大刀闊斧地改，絕不可一開始就落重墨。」這番訓示，迄今我猶記得，這真的是「出版」的金玉良言。人人說羅斌好計算，甚至有人說他吝嗇，我跟隨他六年，卻不曾有過這樣的感覺。羅斌處事公道，與人議稿費會討價還價，可一經定音，就照付如儀，從不拖欠。「環球」每月十五號出稿費，《新報》月底支薪，多年來，這種優良的習慣都給保存着。說羅斌吝嗇，倒不如說他精明。他常常說：「與人合作，要做到雙贏局面，不然，別人不會再跟你合作。」說到他處事果斷，我又想起了一件事，當年出版界都沿用「字版」，靠「黑手黨」執字，羅斌是第一個引入日本植字機的人，加快出版速度，對當時的出版界提供了很大的方便。

六年相處，日夕相對，耳提面命，可惜我從羅斌社長身上學到的實在太少。前年他老人家從加拿大回來，約我喝茶，席間他說：「近來我體力差了，不知道以後還有沒有時間跟你喝茶？看來，很快會跟媽咪相見了！」羅斌口中的「媽咪」，便是他的夫人何麗荔女士、一個慈祥和藹的老婦人。從羅斌的嘆息中，我知道他很懷念他的媽咪，幾十年的老夫妻，何忍分離！如今他駕鶴西歸，在西方國土上，又可跟媽咪相逢了，這未必不是一大樂事。羅斌早已看破生死，常說：「我已活夠了，不想浪費世上的空氣。即便我病篤，也不必搶救，由我去吧！」說得瀟灑，去得瀟灑，這就是羅斌！

環球出版社

每當《武俠世界》遇厄，腦海裏都會泛起羅斌的一句話——「別怕！你行的！」就是這句話，我主編了這本雜誌近十七年。十七年風風雨雨，銷路由大好、衍成平平以至凋落，前路茫茫，我都咬緊牙齦，苦撐下去。累嗎？累，很累！一本五十多年歷史的老雜誌，栽在我手上，那是剜心的痛。今夜，有雨也有風，天氣燠熱不堪，重翻羅斌的回憶錄《一筆橫跨五十年》，思念之情更深更遠。相識不外短短十多年，在我，那是永遠。

九六年我到上環新街「環球出版社」上班的第一天，羅斌召我上他四樓的辦公室，第一句話便是：「沈先生！我相信你曾把雜誌搞好，老鄭（原主編）要移民，你接他班，可以蕭規曹隨，小改，別大改。」當時我不明白，後來才知道，前人種樹，後人納涼，是一種福份，要改，只消剪掉蔓生出來的枝葉就夠了。我戰戰兢兢的幹，成績中規中矩。這樣過了半年，羅斌跑來我辦公室跟我聊天。說是聊天，實則是探口風：「沈先生！你可有留意『環球出版社』的情況嗎？」我說：「有！」羅斌胖嘟嘟的臉綻放一絲喜悅的笑容：「你可有什麼高見？」我是直性子，一股腦兒說出了自己的想法，羅斌挨着椅背、半閉眼睛聽，搔中癢處，「啪」的兩眼睜開，閃出一道靈光：「對！有道理！」

「環球出版社」創立於一九五〇年五月，同年七月，《藍皮書》復刊。《回憶

●近年漸漸有人研究港三毫子小說及環球出版社，圖為近年出版的研究論著：《落葉飛花——香港三毫子小說研究》

錄》裏這樣寫着——「羅斌當時只租住板間房，板間房內只能放一張床。這張大床除了在晚間成為他一家用以睡覺的地方之外，日間便作為羅斌出版社的『辦公桌』，一切編輯、排版、校對和裝釘的工作都在這『辦公桌』上進行。」一年後，《藍皮書》上了軌道，羅斌便在上環新街七號地下開設「環球印刷所」，大展拳腳，陸續出版了《武俠世界》、《西點》、《迷你》、《小說叢》、《環球文庫》、《環球電影》、《新電視》、《新文摘》、《新知》、《黑白》和《文藝新潮》等雜誌。全盛時期，出版社每月出版定期雜誌十七本、單行本二十二本，以規模論，堪稱空前。

筆又野了，回說跟羅斌的談話。我的「高見」其實也不是什麼，只是反對把于晴和席絹兩位台灣女作家的版權轉讓「天地」。「環球出版社」最鼎盛時期，小說出版分四大類，武俠小說：古龍、臥龍生和諸葛青雲掛帥；獵奇小說：主力倪匡、龍驤和馮嘉；愛情小說：先是鄭慧，繼而依達，後來便是岑凱倫；奇情小說：以楊天成、何行為主。到我在「出版社」上班時，除了岑凱倫，其餘的都離去了，幸而找來于、席二位女作家，支撐着場面，可她倆提出加版稅，主編楊小姐嫌貴，寧可放手。羅斌遲疑不決，便來問我，我反對。「東風無力百花殘」，于、席兩人最後還是蟬曳殘聲過別枝，「環球出版社」的壽命也就走到盡頭。

千禧年，「環球出版社」賣與「文化傳信」，所得不多。周邦彥詞云——「況是別離氣味，坐來但覺心緒惡，痛飲澆愁酒，奈愁濃如酒，無計消鑠。」令人惆悵。

上海尋夢

作　　者：沈西城
編　　者：黎漢傑
責任編輯：黎漢傑
封面設計：Gin
內文排版：陳先英
法律顧問：陳煦堂 律師

出　　版：初文出版社有限公司
　　　　　電郵：manuscriptpublish@gmail.com

印　　刷：陽光印刷製本廠

發　　行：香港聯合書刊物流有限公司
　　　　　香港新界荃灣德士古道 220-248 號
　　　　　荃灣工業中心 16 樓
　　　　　電話：(852) 2150-2100　傳真：(852) 2407-3062

臺灣總經銷：貿騰發賣股份有限公司
　　　　　　電話：886-2-82275988　傳真：886-2-82275989
　　　　　　網址：www.namode.com

版　　次：2024 年 7 月初版
國際書號：978-988-70535-0-7
定　　價：港幣 118 元 新臺幣 440 元

Published and printed in Hong Kong

香港印刷及出版